La maîtresse de Vincenzo Moretti

MAISEY YATES

La maîtresse de Vincenzo Moretti

Traduction française de
ERWAN LARHER

AZUR

HARLEQUIN

Collection : Azur

Titre original :
CROWNED FOR HIS CHRISTMAS BABY

HARPERCOLLINS FRANCE
83-85, boulevard Vincent-Auriol, 75646 PARIS CEDEX 13
Service Lectrices — Tél. : 01 45 82 47 47 - www.harlequin.fr
ISBN 978-2-2804-8032-1 — ISSN 0993-4448

Composé et édité par HarperCollins France.
Imprimé en octobre 2022 par CPI Black Print (Barcelone)
en utilisant 100% d'électricité renouvelable.
Dépôt légal : novembre 2022.

MIXTE
Papier issu de
sources responsables
FSC® C159065

Pour limiter l'empreinte environnementale de ses livres, HarperCollins France s'engage à n'utiliser que du papier fabriqué à partir de bois provenant de forêts gérées durablement et de manière responsable.

1.

C'était l'adresse qu'on lui avait donnée, mais Vincenzo n'arrivait pas à associer la bâtisse délabrée qu'il avait devant lui avec ce qu'il savait d'Eloïse St. George – même s'il n'avait pas vu celle-ci depuis de longues années.

Elle s'était installée avec sa mère, Cressida, au palais royal d'Arista, le petit royaume dont Vincenzo était prince héritier, à l'âge de six ans. Son arrivée avait perturbé le gamin de dix ans sérieux et raisonnable qu'il était alors. Il avait également soupçonné que sa présence signifiait que quelque chose n'allait pas au palais.

Son pressentiment s'était rapidement confirmé.

Même à dix ans, Vincenzo avait compris que la mère d'Eloïse était la maîtresse de son père, le roi Giovanni Moretti. Celui-ci avait donné un emploi officiel à Cressida St. George, et le titre d'assistante personnelle, mais Vincenzo n'avait pas été dupe, d'autant qu'il avait vu de ce jour la santé de sa mère décliner peu à peu.

Au début, il en avait voulu à la fillette. Il l'avait vue comme le symbole de la perfidie de son père et des péchés de Cressida. Et puis, lentement, au fil des mois, des années, presque malgré lui, Eloïse était devenue son amie. Un choc pour le petit prince arrogant qu'il était alors, qui n'avait jamais été ami avec quiconque auparavant.

Ensuite, il avait intégré l'université d'Oxford, où il avait rencontré ceux qui étaient encore ses meilleurs amis aujourd'hui : le cheikh Jahangir Hassan Umar Al Hayat, surnommé Jag, le prince Zeus, et Rafael Navarro, fils naturel du roi de Santa Castelia.

Quand il était revenu à Arista, Eloïse était devenue une femme. Une fascinante beauté de dix-huit ans, à l'air fragile et innocent. Mais quand elle lui avait avoué qu'elle le désirait, Vincenzo l'avait repoussée. Par respect pour sa jeunesse et son innocence. Parce qu'elle n'avait pas choisi de grandir au palais, pas choisi de le rencontrer, et qu'il avait estimé qu'elle devait aller vivre sa vie et croiser la route d'autres hommes que lui.

Le vrai visage d'Eloïse St. George lui avait été révélé peu après. Elle n'était pas innocente. Elle n'était pas son amie. Elle était devenue le symbole de la folie d'un barbon. Un homme qui n'aurait jamais pu résister aux ruses d'une jeune beauté de dix-huit ans prête à tout pour le séduire.

Le seul péché du roi Giovanni, tandis qu'aux yeux du monde entier, Vincenzo en avait commis tant et plus. Il s'était ouvertement affiché comme un débauché notoire, un homme qui s'adonnait à tous les vices possibles, adoptait en public le genre de comportement que son père avait en privé.

Mais en secret, Vincenzo sauvait Arista, et personne ne l'apprendrait avant la mort de son père. Car il ne sauvait pas le royaume de la manière dont le roi Giovanni l'aurait souhaité : il n'aurait pas d'héritier et il laisserait la monarchie s'effondrer.

Et il en serait heureux.

Son père était un vieil homme, désormais. Il était temps de commencer à démanteler son héritage, à faire tomber son masque, à exposer ses malversations financières et les mauvais traitements qu'il infligeait à sa femme, la reine bien-aimée d'Arista.

Sa pauvre mère avait été déshonorée. Le roi avait annoncé à tout le pays qu'elle était tombée en dépression et l'avait décrite comme un esprit faible. Il n'avait jamais mis son propre comportement scandaleux en cause. Il avait outragé l'héritage de la reine, alors Vincenzo allait détruire celui du roi.

Et cela commençait ici, en Virginie, devant cette imposante masure aux murs couverts de lierre protégée par des grilles en fer forgé rouillées et enlacées de chèvrefeuille.

Vincenzo s'était attendu à ce qu'Eloïse St. George vive dans un appartement ultramoderne payé par sa dernière conquête, non loin des boutiques à la mode où faire du shopping, d'une salle de gym et des restaurants branchés. Il avait été surpris, en tapant l'adresse sur Internet, de constater que c'était au milieu de nulle part, et tombait à présent des nues en découvrant que ce n'était ni grandiose ni imposant. Il s'était presque imaginé que le logiciel de cartographie n'était pas à jour et qu'il allait découvrir une résidence huppée tout juste sortie de terre. Car il avait du mal à se représenter la jeune femme qu'il avait connue vivre à la campagne.

Il poussa le portail, qui grinça et s'accrocha à une touffe de mauvaise herbe qui prenait ses aises entre les pavés disjoints de l'allée. Vincenzo voulut refermer derrière lui, mais le vantail refusa de terminer sa course et se bloqua. Il le laissa donc entrebâillé et remonta l'allée, en prenant garde à ne pas se tordre la cheville. La nature semblait avoir pris possession des lieux. Les haies étaient luxuriantes, le feuillage des grands arbres ombrageait la majeure partie du jardin. Parfois, le soleil doré de la mi-mai perçait entre les feuilles qu'agitait la brise.

Il faisait chaud. Bien trop chaud pour le costume sur mesure qu'il portait, mais il n'était pas dans sa nature de céder aux éléments : Vincenzo préférait les forcer à se plier à sa volonté.

Pourquoi Eloïse avait-elle choisi de s'enterrer ici, dans

ce coin plutôt rural des États-Unis ? Cela n'avait aucun sens pour lui, ne correspondait pas à sa personnalité – du moins à ce qu'il en savait. D'après ce qu'il avait constaté, et même s'il avait pu croire le contraire avant de partir étudier à Oxford, Eloïse ressemblait en tout point à sa mère. Or, Cressida St. George n'était pas le genre de femme à vivre dans un trou perdu. Au palais, elle avait dépensé sans compter l'argent du roi et imposé ses quatre volontés au personnel.

C'était d'ailleurs cette ressemblance qui rendait Vincenzo certain de pouvoir s'assurer les services d'Eloïse. Soit par le chantage, soit par l'argent.

Il s'étonna de voir une jolie couronne de fleurs et branchage accrochée au centre de la porte d'entrée bleue. Comment imaginer qu'Eloïse ait pris le temps d'accrocher une telle décoration ? Sans doute avait-elle des employés pour s'occuper de ce genre de chose, se dit Vincenzo en appuyant sur la sonnette.

Il comprit alors ce qui s'était sans doute passé : Eloïse avait été installée ici par un riche protecteur, assez près de lui pour qu'ils puissent se voir régulièrement, mais assez loin pour qu'elle ne croise jamais sa femme et ses enfants. Eloïse était exactement le genre de femme susceptible d'être la maîtresse d'un riche homme marié.

Son premier coup de sonnette étant resté sans réponse, il recommença. Était-elle sortie ?…

Après quelques secondes d'attente, il décida de faire le tour de la maison pour voir s'il y avait des signes de vie. Dans le cas contraire, et comme les lieux n'avaient pas l'air sécurisés, peut-être pourrait-il s'introduire dans la demeure à la recherche d'informations sur la situation actuelle d'Eloïse…

En contournant l'angle de la maison, un léger bruit lui parvint. C'était un fredonnement. Il s'arrêta et tendit l'oreille. Oui, quelqu'un fredonnait une chanson. C'était tellement faux et discordant qu'il ne parvenait pas à identifier la mélodie. Pourtant, c'était un son joyeux, étrangement charmant.

Vincenzo fronça les sourcils, perturbé. Jamais il n'avait été « charmé » par quoi que ce soit, encore moins par quelque chose de joyeux…

Il tourna au second coin de la maison et se figea, stupéfait par le spectacle qui s'offrait à ses yeux. Penchée en avant, une femme travaillait dans un massif de fleurs en chantonnant. Son pantalon épousait ses fesses à la perfection. Elle se releva, un pot en terre cuite dans les mains. Elle avait des hanches bien dessinées et une taille étroite. De dos, c'était la silhouette la plus appétissante qu'il avait vue depuis… peut-être de toute sa vie. Il avait terriblement envie de la voir de face, à présent.

L'idée qu'il s'était trompé d'adresse lui traversa l'esprit. Parce que l'Eloïse qu'il connaissait avait la même silhouette menue, presque émaciée, que sa mère, tout en angles et non en courbes. L'allure avide d'une femme qui se souciait plus d'être attirante en photo qu'en chair et en os.

Ou alors, il se trouvait en présence de la jardinière. Mais si Eloïse employait des jardiniers, à quoi occupaient-ils leur temps ? Le grand jardin était laissé à l'état sauvage, presque à l'abandon – lui qui les aimait impeccablement entretenus, il était choqué par tant de laisser-aller.

La femme cessa soudain de fredonner et sursauta, comme si elle s'était sentie observée. Elle se retourna. Ses yeux bleus s'arrondirent et sa bouche s'ouvrit, formant un grand O stupéfait. Elle lâcha la plante qu'elle tenait à la main. Le pot se brisa au sol.

— Vincenzo ?

2.

Eloïse ne parvenait pas à ralentir les battements frénétiques de son cœur traître et ridicule. C'était comme un rêve. Ce rêve honteux qu'elle espérait ne plus faire chaque soir en s'endormant, mais qui fondait sur elle dès qu'elle fermait les yeux.

Car elle n'avait jamais oublié Vincenzo Moretti.

Cet homme aux yeux sombres et fascinants lui avait fait ressentir des choses comme aucun autre. Alors qu'elle n'avait que quinze ans, il avait éveillé en elle un désir qui l'avait tenue sous son emprise depuis. Même si sa tentative pour le séduire s'était soldée par un échec, elle pouvait aujourd'hui, bien des années plus tard, comprendre et accepter le refus qu'il lui avait opposé – ce dont elle avait été incapable à dix-huit ans. Néanmoins, le souvenir de la seule et unique fois où elle avait été assez proche de lui pour le toucher était toujours présent dans son esprit et la faisait trembler dans son sommeil.

Mais ce n'était pas son pire souvenir de Vincenzo. Le plus douloureux, c'était la façon dont il l'avait repoussée. Et dont il avait cru… elle ne savait pas vraiment ce qu'il avait cru, mais certainement pas elle, pas un traître mot de ce qu'elle lui avait affirmé.

Pourtant, elle était alors tellement sûre qu'ils étaient amis, qu'il tenait à elle !

Mais ce dernier moment entre eux…

Il lui avait clairement fait comprendre qu'il ne s'était jamais vraiment soucié d'elle. Hélas ! cela n'empêchait pas son corps de répondre aux images torrides de Vincenzo qui flottaient la nuit dans son subconscient. Il occupait ses rêves. Il occupait ses fantasmes. Et voilà qu'il occupait désormais son jardin !

— Eloïse, dit-il d'une voix hésitante, presque interrogative.

Oui, elle pouvait voir qu'il n'était pas certain que c'était elle. Ce doute était à la fois embarrassant et vexant, mais elle pouvait le concevoir. Son corps avait changé depuis son départ du palais, et elle l'acceptait volontiers. Car ces changements s'étaient produits quand elle avait enfin pu contrôler sa vie et choisir ses priorités. Quand elle n'avait plus eu à vivre dans l'ombre de sa mère et de ses exigences intenables, des règles auxquelles il fallait se plier pour se conformer à ses critères de beauté. Elle aimait la nouvelle Eloïse, même s'il était légèrement blessant de réaliser qu'elle était si différente de la précédente qu'elle en était devenue méconnaissable.

— Oui, répondit-elle avec une pointe d'ironie, je suis Eloïse, en effet. Et je ne pense pas que tu sois là par hasard, parce que cette maison n'est sur le trajet de rien du tout, et encore moins sur celui d'un endroit où tu serais susceptible de te rendre.

— Tu as raison.

Il fit glisser sa veste sombre de ses larges épaules et, d'un geste négligent, la jeta sur une des chaises blanches en métal délicatement ouvragées de son salon de jardin.

Il défit ses boutons de manchette, puis remonta ses manches, révélant ses avant-bras musclés. Elle cligna des yeux pour ne pas se laisser hypnotiser par cette vision subtilement érotique, et surtout pour masquer l'effet qu'elle lui faisait.

— Pourquoi es-tu ici ?

Le regard sombre, presque noir, de Vincenzo plongea dans le sien, et le cœur d'Eloïse manqua un battement. Le prince héritier d'Arista demeurait l'incarnation parfaite de la beauté masculine. Et elle craignait que pour elle, il le soit à tout jamais…

La lumière qui se reflétait dans ses yeux lui révélait qu'un feu dangereux y brûlait. D'autant plus dangereux qu'Eloïse avait toujours voulu se perdre dans leurs mystérieuses profondeurs.

Adolescente, elle se ridiculisait en le dévorant du regard. Non, corrigea-t-elle mentalement, elle *aurait aimé* se ridiculiser, car cela aurait signifié que Vincenzo avait remarqué les œillades adoratrices qu'elle lui lançait. Or cela n'avait jamais été le cas. Il avait toujours agi comme si elle était invisible. Encore une fois, avec le recul, elle lui en était reconnaissante, et si elle n'avait pas commis une terrible erreur de jugement, Vincenzo ne l'aurait probablement jamais remarquée du tout.

Mais elle s'était fourvoyée.

Même des années plus tard, Eloïse n'y repensait pas sans une bouffée de honte. Elle avait cru qu'elle l'aimait. Elle avait surtout cru que Vincenzo l'aimait en retour… Or ce n'était pas le cas. Et elle devait se pardonner, ou du moins pardonner à la jeune femme naïve qu'elle était à l'époque.

Elle avait essayé.

Elle avait aussi changé complètement de vie. Elle avait entrepris de s'éloigner du chemin que sa mère avait voulu qu'elle suive et de découvrir par elle-même qui était vraiment Eloïse St. George. Pas une fille vivant dans un palais royal et dans l'ombre de l'impressionnante beauté de sa mère. Pas une fille à qui on avait appris que sa seule valeur résidait dans son physique avantageux. Une fille qui avait cru, en dépit de tout, qu'elle pourrait vivre un conte de fées.

Elle avait quitté Arista honteuse et couverte d'opprobres. Tous les journaux du monde avaient imprimé des mensonges à son propos en les présentant comme des vérités. Elle en avait été profondément blessée, mais ce qui lui avait fait le plus mal, c'était que Vincenzo les avait crus.

Une fois loin d'Arista, loin de sa mère, loin du roi Giovanni et de Vincenzo, Eloïse avait réussi à prendre du recul. Elle avait réalisé que ce qui pouvait sembler important, vrai, indubitable dans le microcosme du palais n'avait souvent aucune réalité à l'extérieur. Les certitudes et opinions de sa mère n'avaient aucune incidence sur la vie qu'elle menait ici, au soleil, parmi les fleurs. Le regard du roi ne l'y avait pas suivie, et si dans les premiers temps elle avait pu être traquée par les paparazzis, suffisamment d'eau avait coulé sous les ponts désormais pour qu'on la laisse en paix. Elle avait réussi à se faire une bonne réputation dans son domaine d'activité et elle n'avait aucun mal à trouver du travail.

Le monde réel était riche, profond et chaleureux loin des pierres froides du palais royal d'Arista.

Mais dans ce monde réel, ses sentiments pour Vincenzo subsistaient. Parce qu'ils avaient toujours été vrais et sincères. Aussi insensé que cela paraisse, il avait capturé son cœur à la seconde où elle avait posé les yeux sur lui, à l'âge de six ans. Bien sûr, quand elle était enfant, il n'avait jamais été question de désir. C'était simplement qu'elle le trouvait… merveilleux. Il lui faisait penser à un preux chevalier en armure brillante. Il était gentil avec elle, ce dont elle n'avait pas l'habitude. Et dans sa mémoire, malgré la façon dont l'histoire s'était terminée entre eux, il était toujours cette figure mythologique.

Mais la façon dont il la regardait maintenant n'avait rien de… chevaleresque. Et elle était tout à fait certaine qu'il n'était pas venu pour la sauver.

Tu n'as pas besoin d'être sauvée.

— Je suis ici pour te ramener avec moi, Eloïse.

Eloïse avait l'impression qu'un étau lui broyait la poitrine. Elle avait la gorge serrée et le ventre noué. Vincenzo la fixait toujours d'un regard noir, dur. Il semblait inébranlable.

— À… à Arista ? bredouilla-t-elle.

Penser à retourner là-bas lui faisait froid dans le dos. Et pourquoi voulait-il qu'elle revienne alors qu'il l'avait payée pour qu'elle parte ?

— Oui, à Arista, confirma-t-il.

Une montée d'angoisse la tétanisa.

— Vincenzo, est-ce que quelque chose est arrivé à ton père ? Ou à ma mère… ?

— Non. Mais j'ai besoin de toi, dans un but très précis. Tu es un instrument important dans ma vengeance contre mon père.

Elle cilla, désarçonnée.

— Ah bon ?

— Oui. Et je pense que tu trouveras qu'il y a suffisamment de bonnes raisons pour me suivre. Que tu le souhaites ou non.

Eloïse s'efforça de sourire. Après tout, chacun faisait partie de la vie de l'autre depuis un grand nombre d'années, il n'y avait aucune raison d'être lugubre et de se parler comme deux étrangers.

— Vincenzo, si tu as besoin de mon aide, il te suffit de demander.

Elle n'aurait su dire en cet instant ce qui la motivait à se montrer aussi amicale. Peut-être parce qu'elle tenait à lui, quoi qu'il se soit passé entre eux. Peut-être parce qu'elle voulait faire quelque chose pour atténuer les ondes de noirceur qui émanaient de lui.

Mais ce à quoi elle évitait de penser, c'était que son attitude avait quelque chose à voir avec les vrilles de plaisir qui s'enroulaient autour de son estomac lorsqu'elle pensait à la vengeance.

Vincenzo formait une image convaincante : un sombre

ange vengeur debout devant elle, lui demandant de se laisser aller à ses pires penchants.

Ce n'est pas ta douleur, lui souffla une petite voix intérieure. *Cette rage, cette volonté d'obtenir réparation, rien de tout ça ne vient de toi. Tu les as refoulées.*

Elle respira profondément, humant l'odeur des lilas.

La soif de vengeance était toujours là. Persistante. Ténue, mais têtue.

— Tu veux dire que je n'ai qu'à te demander ? la défia Vincenzo.

De nouveau, Eloïse se força à sourire.

— Bien sûr. Quels que soient tes projets, je suis sûre que nous pouvons en discuter. Tu n'as aucune raison de débarquer ici en colère et agressif. Tu n'as aucune raison de me menacer. Tu veux bien aller là-bas, dans la remise ? ajouta-t-elle en désignant la petite construction.

— Pardon ?

— Dans la remise. Mon balai est dedans. Et tu m'as fait casser ma plante.

— Tu l'as cassée toute seule, objecta-t-il.

— Si tu veux, répliqua-t-elle, légèrement irritée. Mais c'est parce que tu m'as fait peur. Alors, aie la gentillesse d'aller chercher mon balai.

— Tu sembles avoir oublié qui je suis.

— Certainement pas, non. Et je crois que tu as bien conscience que je te reconnaîtrais tout le temps, partout, en n'importe quelles circonstances. C'est toi qui as semblé ne pas reconnaître. Maintenant, s'il te plaît, va chercher mon balai.

— Et…

— Et ensuite, nous discuterons de ton petit complot.

— Ce n'est pas un complot !

— Ça y ressemble beaucoup, en tout cas. Un complot doublé d'une machination. Vincenzo, je ne suis pas une grande fan de ton père, et je n'aime pas particulièrement ma mère. Tu te doutes que si je ne suis pas retournée à Arista durant toutes ces années, c'est qu'il y a une raison. Selon ce que tu as en tête, je t'aiderai.

— Juste comme ça ?

— Bien sûr, affirma-t-elle, non sans avoir hésité une fraction de seconde.

— Je vais chercher ton balai, puis tu m'expliqueras ce que tu as fait ces quinze dernières années.

— Oh ! beaucoup de choses…

Eloïse le suivit tandis qu'il se dirigeait vers la remise. Vincenzo ouvrit la porte et fouilla à l'intérieur jusqu'à ce qu'il attrape un balai.

— Pourquoi m'envoyer dans cette remise si tu comptais y aller ? Tu aurais pu récupérer ton fichu balai toi-même !

— Toujours aussi aimable, je vois ! dit-elle, sarcastique. Je suppose que je t'ai suivi parce que je suis intriguée. Que s'est-il passé ? Quels sont tes projets ?

— Il ne s'est rien passé de plus que ce qu'il se passe dans mon pays depuis que mon père est monté sur le trône. Il est corrompu. C'est un monarque autoritaire qui se fait passer pour pieux et intègre aux yeux du monde, alors qu'il ne respecte même pas les règles morales qu'il impose à son peuple. La preuve la plus éclatante de sa malhonnêteté, c'est que ta mère est sa maîtresse cachée depuis une éternité. Comme tu le sais, je lui fais honte. Alors que ce qu'il a fait à ma mère pendant des années est inadmissible. Je vais le révéler au grand jour. Et je vais orchestrer cela de manière à le détruire.

À ces mots, forts, violents, Eloïse fut prise d'un léger vertige. Elle était également intriguée qu'il n'ait pas fait mention du rôle qu'il comptait lui voir jouer dans son mystérieux plan.

— Qu'est-ce que j'ai à voir avec ça ?

— Même si je désapprouve ton attitude, je dois reconnaître que le… badinage de mon père avec toi constitue par exemple une autre bonne raison de le faire payer. Il n'y a que toi qui en as subi les conséquences, pas lui. Ne trouves-tu pas cela injuste ?

Encore plus injuste, vu qu'il ne s'était jamais rien passé avec le roi Giovanni. Et que rien n'aurait jamais pu se passer. Mais la vérité importait peu à la presse. Et à Vincenzo.

— La vie n'est pas juste, Vincenzo : personne ne te l'a jamais dit ?

— Je cherche à rééquilibrer la balance. En lui prenant tout ce qu'il a.

Les prunelles de Vincenzo brillaient d'un éclat sombre. Le même feu commençait à couver en elle, mais Eloïse se garda de le laisser paraître.

— Tout cela me semble un peu mélodramatique, dit-elle. Je suppose que tu n'as jamais essayé de suivre une thérapie ?

— Une thérapie, répéta-t-il, l'air étonné.

Le prince héritier Vincenzo Moretti avec un balai à la main était une vision incongrue. Avait-il déjà tenu un tel instrument – sans même parler de s'en servir… ? Elle ne l'imaginait pas en train de balayer.

— Oui. Cela m'a été incroyablement utile. Je ne me mets plus en colère. Maintenant je jardine.

— Tu jardines ?

— Oui. Ce qui est merveilleux avec la nature, c'est qu'elle est incroyablement résistante et résiliente. Elle croît, se développe, prospère, souvent en dépit de nous. Je trouve cela plutôt encourageant. M'améliorer est l'un de mes objectifs depuis que j'ai quitté Arista. Mais seulement l'un d'entre eux. J'ai suivi des cours d'horticulture. Je me suis fait beaucoup d'amis. J'ai voyagé. J'ai…

— Avec mon argent ? la coupa-t-il.

Elle se figea, glacée jusqu'à la moelle.

— Tu me l'as donné ! protesta-t-elle.

— Je t'ai payé.

— Tu voulais te venger de moi, ou de ton père ?

— Tu évoques tes réalisations et réussites comme si elles étaient seulement les tiennes, alors que nous savons tous les deux comment tu les as financées.

Le jugement qu'il portait sur elle était définitif, froid et tellement injuste ! Elle avait l'impression qu'il l'avait giflée.

— Comment oses-tu dire une chose pareille ? répliqua-t-elle avec calme. Tu peux m'expliquer comment tu as réussi à gagner ta vie ?

— J'ai tracé mon propre chemin, dit-il avec hauteur.

— Tu as commencé ton existence comme prince milliardaire. Ton père et ta lignée t'ont permis de démarrer avec quelques avantages, non ? Moi, j'ai dû faire de mon mieux avec ce qui m'était donné. Je ne m'en excuserai pas.

— Je n'ai pas besoin de tes excuses.

— Et je n'ai pas besoin de ton approbation, lança Eloïse du tac au tac. Alors maintenant que nous avons réglé ce problème, qu'attends-tu de moi ?

— C'est simple, commença-t-il.

Eloïse se raidit. Elle n'aimait pas la façon dont il avait dit cela. La simplicité pour un homme aussi puissant et influent que Vincenzo Moretti ne signifiait pas la même chose que pour les simples mortels comme elle. « Simple », cela pouvait vouloir dire piloter un jet privé vers une île tout aussi privée, ou rallier l'ensemble des médias pour l'écouter parler. Cela pouvait vouloir dire grimper à une échelle pour collecter des étoiles dans le ciel.

Pour Eloïse, la simplicité, c'était une soirée à la maison avec une tasse de thé, ou un après-midi dans le jardin. Sans sa mère dans les parages.

Il la regardait comme si « c'est simple » était tout ce qu'elle avait besoin de savoir.

— Je ne lis pas encore dans les pensées, Vincenzo,

dit-elle avec ironie. Mais peut-être que ça aussi, *c'est simple*, pour toi…

— Ce n'est pas une négociation, rétorqua-t-il. Je ne demande pas non plus ton aide. J'exige que tu viennes avec moi. Je ne vois aucune raison de continuer à discutailler dans ton jardin.

— J'ai dit que je t'aiderais. Pas besoin de te montrer si menaçant.

Elle tourna les talons, se dirigea vers la maison et y entra par la porte arrière.

Il faisait chaud à l'intérieur. Il n'y avait pas de climatiseur, et, en fin d'après-midi, même les murs épais en pierre ne parvenaient pas à maintenir la fraîcheur. Cela ne dérangeait pas Eloïse. Elle était chez elle, rien d'autre ne lui importait. Certes, Vincenzo pourrait le contester, parce qu'elle avait pris l'horrible argent qu'il lui avait quasiment jeté au visage pour qu'elle s'enfuie et en avait utilisé une partie pour acheter cette maison. Mais c'était son foyer, désormais. Elle était plus heureuse ici qu'elle ne l'avait jamais été ailleurs.

Et pourtant, Vincenzo lui donnait l'impression de revenir en arrière, de replonger dans son ancienne vie.

Elle avait certes accepté de l'aider, mais elle le connaissait par cœur : ses menaces n'étaient pas vaines, et elle ne gagnerait pas si elle discutait. Si elle n'avait pas choisi de le suivre de son plein gré, il aurait trouvé un moyen de l'y forcer. Or Eloïse s'était juré que plus jamais quelqu'un ne déciderait pour elle. En proposant son aide à Vincenzo, elle gardait la main, reprenait presque le pouvoir. Car elle l'avait surpris, et entendait bien continuer à le déstabiliser.

Tout le temps qu'elle avait passé dans le palais royal d'Arista, elle était sur la défensive. Elle n'avait jamais trouvé sa place, dans aucun domaine. Sa mère avait toujours été une femme dure, qui la considérait comme une poupée qu'elle s'amusait à se déguiser quand cela lui chantait, et qu'elle abandonnait quand son jouet ne l'amusait plus. Quant au roi, il ne s'était jamais intéressé à elle ; du moins tant qu'elle n'était qu'une enfant… Vincenzo avait été son seul allié ; du moins jusqu'à ce qu'il l'abandonne.

— Je vais devoir préparer mes bagages. Et je dois voir si mon voisin peut nourrir Skerret.

Vincenzo fronça les sourcils, l'air interrogateur.

— C'est mon chat. Enfin, pas tout à fait *mon* chat. Elle rôde dans mon jardin, un peu comme toi, en fait, et je la nourris.

— Tu ne m'as pas nourri. Dois-je me sentir offensé ? répliqua Vincenzo avec insolence.

— Probablement…

Elle était déjà occupée à envoyer un SMS à sa voisine Paula pour savoir si elle pouvait laisser de la nourriture pour le pauvre petit animal pendant son absence.

Paula accepta aussitôt.

Eloïse leva de nouveau les yeux vers Vincenzo. Elle sentait son impatience, pouvait presque la voir émaner de lui par vagues.

— Si ça peut t'aider, j'ai appris un exercice de respiration qui permet de se détendre.

— Tu n'es pas ma thérapeute, que je sache.

— Tu n'en as pas. Nous avons déjà abordé ce sujet, il me semble.

— En effet, je n'en ai pas. Mais quand nous rentrerons à Arista, ce n'est pas le rôle de ma thérapeute que je veux te voir jouer, mais celui de ma maîtresse.

Eloïse en resta bouche bée, stupéfaite. Puis elle éclata de rire.

— Ta *quoi* ? s'exclama-t-elle entre deux hoquets.

Elle ne parvenait pas à arrêter de rire ; des larmes lui coulaient sur les joues. Il ne pouvait pas être sérieux !

Elle n'en était pas fière, mais durant dix ans, elle avait suivi les péripéties et mésaventures de Vincenzo. Elle l'avait vu en photo dans les magazines people au bras d'un nombre ahurissant de femmes. Toutes parfaites. Toutes superbes. Toutes tellement différentes d'elle.

— Je ne crois pas avoir dit quelque chose de difficile à comprendre, si ? lança-t-il, visiblement vexé par son hilarité.

— Oh ! non ! J'ai parfaitement compris. Je pense juste que tu te trompes lourdement si tu imagines que quelqu'un puisse croire que je suis ta maîtresse.

— Le monde ignore tout de notre histoire compliquée, *cara*.

Le cœur d'Eloïse se serra. *Cara*... Vincenzo ne l'avait jamais appelée aussi affectueusement. Pourtant, elle l'avait entendu utiliser ce mot tendre avec d'autres femmes. Il avait l'habitude de les amener au palais, après être arrivé ostensiblement à l'aéroport avec elles. Cela mettait à chaque fois le roi dans une rage noire. « Il me fait honte ! tempêtait-il. Il essaie de m'humilier ! Il veut souiller la Couronne ! »

À la lumière de ce que Vincenzo lui avait dit depuis sa réapparition, elle se demandait s'il avait agi délibérément depuis le début. Pour ternir l'image de la famille royale d'Arista – *sa* famille...

Mais c'était surtout le mot « *cara* » qui résonnait en elle et lui donnait le tournis. Elle secoua la tête pour s'arracher à ce vertige naissant.

— Je ne suis pas d'accord avec toi. Au contraire, je pense que le monde est très conscient de...

— ... de ta liaison avec mon père ? C'est pour ça que je te veux. Tu as été la seule cible du mépris, des reproches et de l'opprobre. Parce qu'il ne pouvait pas en aller autrement : tu étais la tentatrice de dix-huit ans à laquelle aucun homme ne pouvait résister.

Eloïse tiqua. Elle s'était défendue contre ces rumeurs et ces accusations, à l'époque, elle n'allait pas continuer à le faire. Même si entendre Vincenzo répéter les vilenies colportées par les tabloïds n'était pas facile à supporter stoïquement.

— Pourquoi me ramener ? se contenta-t-elle de demander.

— Un retour triomphal, Eloïse. À mon bras. Un rappel du moment où le masque de mon père a glissé. Nous l'arracherons ensemble. Nous rétablirons la vérité, l'imposerons aux yeux de tous. Les temps ont changé. Même moi, j'ai changé ma façon de voir les choses. Mon père avait le pouvoir, l'ascendant. Tu étais une jeune femme de seulement dix-huit ans et pourtant, c'est toi qui as été tenue pour responsable. Je pense que si les gens regardent en arrière et jugent aujourd'hui ce qu'il s'est passé à cette époque, ils verront le roi pour ce qu'il est : un prédateur sans morale.

Il n'avait pas tort. Les choses avaient changé. Trop tard pour elle, mais elles avaient changé.

— Mais pourquoi croirait-on que nous sommes ensemble ?

— De l'avis général, je suis un débauché. Personne n'aura de mal à croire que j'ai séduit l'ancienne…

Il s'interrompit à temps, mais Eloïse savait qu'il avait failli dire : « l'ancienne maîtresse de mon père. » Ce qui aurait été humiliant. Mais la réponse de Vincenzo l'avait été tout autant ; car sa question ne portait pas sur lui, mais sur elle.

— Vincenzo, tu sais très bien ce que j'ai voulu dire ! s'agaça-t-elle.

Elle le fixa et attendit qu'il comprenne. Il se contenta de tenir son regard, énigmatique et dur.

— Tu veux me le faire dire ? poursuivit-elle. Je savais que tu pouvais te comporter comme un salaud, mais je pensais qu'être volontairement cruel envers moi était indigne de toi.

— Explique-moi en quoi je suis cruel.

Eloïse soupira.

— Très bien, je vais mettre les points sur les *i*. Je ne suis pas belle, Vincenzo. Pas selon les canons officiels de la beauté. Je n'ai pas une taille mannequin et les modèles haute couture ne sont pas compatibles avec ma silhouette.

Il éclata d'un rire franc, presque joyeux, qui la brûla comme une flamme. *Comment ose-t-il !* songea Eloïse, furieuse.

— *Cara*, tout ce que je te fournirai sera spécialement adapté à tes courbes exquises.

— Exquises ? répéta-t-elle, hébétée.

Jamais on ne l'avait trouvée « exquise »…

— Je ne suis pas du tout ton genre, reprit-elle.

— Magnifique, pulpeuse, appétissante en diable : ce n'est pas mon genre ?

Il avait énuméré ces adjectifs comme s'il avait récité une liste de courses. Du vin, du pain, du fromage : appétissant, non ?

« Appétissante »… Seigneur, réussirait-elle à s'en remettre ?

— Je suis ronde, déclara-t-elle platement.

— Pulpeuse, répliqua-t-il d'une voix bien trop séduisante. La vision étroite de la beauté que ta mère t'a inculquée…

— Mon amour-propre et ma confiance en moi se portent très bien, merci, le coupa-t-elle. J'aime ma vie et j'aime mon corps, autant que j'aime les cookies. Mais je ne veux pas me retrouver sous le feu des critiques que ne manqueront pas de m'adresser les journalistes *people*. Sans parler des moqueries. Je suis déjà passée par là, j'ai déjà subi leur harcèlement, leur méchanceté gratuite. Je sais exactement ce qu'ils vont faire. Tiens, par exemple, tu ne crois pas qu'ils vont mettre côte à côte deux photos de moi prises à dix ans d'intervalle pour jouer à « avant/après » et spéculer sur ma prise de poids ?

— Tu n'as plus dix-huit ans ! asséna-t-il, presque féroce. Et cette fois, tu ne t'enfuiras pas.

— Je ne serai pas *bannie*, tu veux dire…

Vincenzo leva les yeux au ciel et laissa échapper un soupir impatient.

— Assez discuté, allons-y !

— Je dois faire un sac.

— Il y a des vêtements et une couturière qui t'attendent dans mon jet. J'ai tout prévu. Et quand nous arriverons à Arista, tu auras l'air d'être à moi jusqu'au bout des ongles.

Eloïse frissonna. « D'être à moi »... Elle devait se ressaisir. Ne pas se laisser aller à la douceur du fantasme. Car Vincenzo ressemblait moins à un preux chevalier qu'à un dragon qui pourrait la dévorer toute crue.

3.

Eloïse semblait s'être donné pour mission d'être imprévisible. Lorsqu'il avait exigé qu'elle l'accompagne, Vincenzo s'était attendu à ce qu'elle pleure comme une hystérique et le traite de brute avant de céder à son chantage, ou à ce qu'elle flirte avec lui tout en acceptant de se laisser corrompre pour le suivre.

Elle n'avait fait ni l'un ni l'autre.

Au lieu de cela, elle l'avait regardé avec des yeux ronds, puis lui avait dit qu'elle l'aiderait – et apparemment, elle ne jouait pas un rôle.

Elle lui avait rappelé davantage la jeune fille qu'il avait connue que la jeune femme dont il s'était fait une certaine image lorsqu'il avait découvert ce qu'il s'était passé avec son père.

L'attitude d'Eloïse le poussait à se demander si elle était effectivement devenue quelqu'un d'autre quand il était revenu d'Oxford, ou si c'était lui qui avait changé. Et c'était une pensée déconcertante.

Il l'observait tandis qu'elle s'installait dans son luxueux jet privé. Elle n'avait pas l'air blasée, ni d'avoir l'aplomb de quelqu'un qui récupère son dû. Au contraire, elle semblait surprise par ce qui l'entourait et ravie par cette expérience.

Peut-être que « ravie » était un tantinet exagéré, toutefois il décelait une sorte de fascination dans son regard, et non la lueur de cupidité à laquelle il aurait pu s'attendre avec une femme comme elle. Il y lisait aussi un brin de curiosité, de l'intérêt et… du plaisir, aussi étonnant que cela paraisse.

Oui, il y avait une sorte de naturel et de *pureté* dans son attitude qui le prenaient au dépourvu. Car il n'avait jamais appliqué le concept de pureté à Eloïse St. George…

— Y a-t-il quelque chose dont tu souhaites me parler ? demanda-t-il en s'installant sur le canapé en cuir souple de l'espace principal de la cabine.

— Pas spécialement. Je suis impressionnée par cet avion. C'est… grandiose.

— Je voyage souvent. Et je dois pouvoir continuer à vivre et à travailler comme si j'étais dans ma propre maison.

— Je comprends. Cela doit être terriblement éprouvant pour toi tous ces allers et retours. Je ne me rends pas compte, je suis très sédentaire. Ma mère aimait voyager avec ton père à l'occasion, et parfois elle m'emmenait. Encore une preuve de la grande bonté de ton père, ajouta-t-elle, sarcastique. Non seulement il emmenait son *assistante*, mais aussi l'enfant de celle-ci.

Cette remarque cynique surprit Vincenzo. Il n'arrivait pas à comprendre à quel jeu elle jouait. Cela lui causait un soupçon d'inquiétude, un sentiment qui lui était pourtant étranger, tout comme l'impression de ne pas pouvoir déchiffrer une autre personne.

Il tenta de se rassurer en se disant qu'il en savait bien assez sur Eloïse. Une semaine à peine après qu'elle était venue dans sa chambre pour essayer de le séduire, lui affirmant qu'elle l'aimait, la nouvelle de sa liaison avec son père était sortie dans la presse.

Voilà le genre de femme qu'était Eloïse St. George.

Il avait été un saint de l'avoir renvoyée. Il avait eu d'autant plus de mérite qu'à l'intérieur de lui, le désir rugissait comme un fauve en cage. Mais elle était beaucoup trop jeune. Et surtout, elle n'avait pratiquement connu que la vie au palais. Ils avaient grandi ensemble, et d'une certaine manière, ils avaient grandi seuls. Elle pensait l'aimer parce qu'elle ne connaissait rien du monde extérieur, rien des sentiments, personne d'autre que lui. Il l'avait donc repoussée.

Quel idiot il avait été ! Et encore plus idiot d'avoir souffert lorsqu'il avait découvert qu'Eloïse ne l'avait jamais aimé, qu'elle voulait seulement s'allier à une tête couronnée – et que n'importe laquelle ferait l'affaire…

Depuis ce jour, il avait appris à s'endurcir.

— Prends un verre, proposa-t-il à la jeune femme.

À peine avait-il prononcé ces mots que l'hôtesse de bord apparaissait :

— Que désire madame ? demanda-t-elle en s'approchant du bar.

— Oh… De l'eau gazeuse, ce sera très bien.

— De l'eau gazeuse ? s'étonna Vincenzo.

— Je ne bois pas souvent d'alcool.

Bon sang, quand allait-elle cesser de le surprendre ? Il avait imaginé qu'elle ressemblerait à sa mère, une femme directe et entreprenante. Il l'avait imaginée très maquillée, toujours apprêtée, avec des goûts vestimentaires audacieux. Il avait pensé qu'elle feindrait un flegme désabusé en découvrant son jet privé, consommerait la moitié de son bar et exigerait de savoir comment elle serait dédommagée pour les désagréments subis.

En fait, il se rendait compte qu'il avait imaginé une femme qui n'existait pas. Eloïse ne ressemblait en rien à Cressida St. George. Elle parlait différemment. Agissait différemment. Vincenzo se trompait rarement à propos des humains, et pourtant, il semblait s'être trompé sur elle.

— Si tu ne bois qu'en des occasions spéciales, je crois que c'est le moment de trinquer. À notre retour triomphal à Arista.

— Je ne sais pas si je trouve triomphal de revenir à Arista…

Il fit un signe à l'hôtesse, qui ouvrit une bouteille de

champagne et en versa deux coupes. Elle les apporta sur un plateau. Vincenzo en tendit une à Eloïse et saisit l'autre.

— Tu ne te sens pas triomphante ? demanda-t-il, non sans une pointe d'ironie. Tu es horticultrice, propriétaire de ce qui pourrait passer pour une maison dans certains milieux : n'es-tu pas fière de toi ?

Eloïse fixait le liquide pétillant en clignant des yeux. Vincenzo se retrouvait dans une situation inédite : il attendait des informations. Car, étrangement, il n'avait pas fait de recherches sur elle avant de traverser l'Atlantique pour la retrouver. D'habitude, il n'abordait jamais un rendez-vous ni une négociation sans tout savoir sur la ou les personnes qu'il devait rencontrer. Et aucun détail n'échappait à ses enquêteurs. Or il était tellement certain qu'Eloïse St. George ne pourrait pas le surprendre, qu'elle était faite exactement du même bois que sa mère, poupée étincelante, mais en toc, qu'il n'avait pas pris la peine de se renseigner sur elle.

— Je n'ai rien à voir avec ma mère, dit-elle doucement. Et tu sais ce que je pense d'elle, n'est-ce pas ?

Avait-elle lu dans ses pensées, ou décelé le sarcasme dans sa question ? Elle porta la coupe à ses lèvres et eut l'air surprise lorsqu'elle avala la première gorgée. Soit elle ne buvait en effet vraiment pas souvent, soit elle était une très bonne actrice.

— Je croyais le savoir, répondit-il. Mais je croyais aussi te connaître, autrefois…

— Je n'ai jamais menti, Vincenzo. Quoi que tu puisses penser.

Il devait bien reconnaître qu'elle posait sur lui un regard apaisé et débordant de sincérité, tout comme le ton de sa voix. Il avait créé dans sa tête une Eloïse fictive parce qu'il voulait bannir les images de la jeune fille qu'il avait autrefois aimée. Et pour cela, rien de plus simple que de l'assimiler à Cressida.

Mais si cette nuit-là, quand elle l'avait embrassé, quand

il l'avait tenue dans ses bras pendant un bref instant, il avait imaginé la personne qu'elle pourrait devenir, elle aurait pu ressembler à la personne assise devant lui.

Vincenzo se reprit. C'était une belle pensée, mais ce n'était que cela. Il savait à quel point certaines personnes étaient douées pour tromper et manipuler. Or Eloïse l'avait déjà trompé une fois.

Il ne lui permettrait pas de recommencer.

— Je me moque que tu m'aies menti ou pas, lança Vincenzo. Mensonge, vérité : rien de tout cela n'a plus d'importance, à présent.

— Ça en a pour moi. Je n'apprécie pas d'être en compagnie d'un homme qui me méprise.

— Et pourtant, tu as accepté de m'aider. Pourquoi, sinon pour revenir à Arista ? Pourquoi, si tu me détestes tant ?

— Je n'ai jamais dit que je te détestais.

Il la dévisagea longuement. Elle rosit. Cette réaction était si charmante et inattendue qu'une brusque onde de chaleur traversa Vincenzo.

— Tu devrais, pourtant.

— Pourquoi ? Parce que toi, tu me détestes ? Ça ne marche pas comme ça.

— Je ne te déteste pas, Eloïse. Si je te détestais, j'aurais organisé tout cela sans toi. Ce que je veux savoir, c'est la manière dont tu t'investis dans tout ça.

— J'ai toujours pensé que…

Elle s'interrompit et détourna le regard, fixant par-dessus son verre à champagne, droit devant elle, un point vers l'arrière de l'appareil.

— Nous n'étions pas si différents, Vincenzo, reprit-elle. Ton père ne se soucie pas plus de toi que ma mère ne se soucie de moi. Nous avons été pris au milieu de leurs petits jeux. C'est d'ailleurs la raison pour laquelle toi, l'héritier d'un royaume, et moi, une fille d'Amérique qui ne savait même pas que les princes existaient en dehors des contes de fées, avons pu devenir amis. C'est seulement cette amitié qui m'a permis de m'en sortir. Alors, malgré tout, je tiens à toi. Et je serai heureuse d'agir comme une amie, aujourd'hui.

Cette tirade lui coupa le souffle.

— Des… *amis*, bredouilla-t-il.

— S'il te plaît, n'en fais pas tout un plat, ne m'embarrasse pas, dit-elle d'une voix anxieuse.

Vincenzo ressentait de la colère, et en avait honte. Il n'était pas le genre d'homme qui se laissait guider par ses émotions. Il valait mieux que cela. Mieux que son père. Et pourtant, c'était plus fort que lui.

— Tu parles de notre dernière rencontre, quand je t'ai demandé de quitter Arista, ou de cette nuit où tu avais dix-huit ans et que tu t'es jetée à mon cou avec audace ?

— Oui, on peut dire que j'ai été audacieuse…, dit-elle d'un ton acide. Je t'ai embrassé, j'ai pleuré et je t'ai dit que je t'aimais.

— C'est un vague souvenir pour moi, mentit-il. Beaucoup de femmes se jettent à mon cou, et tu n'étais qu'une de plus.

Elle tiqua, comme s'il l'avait blessée – ce qu'il avait cherché à faire. La douleur dans ses beaux yeux bleus ne semblait pas fabriquée. Pendant un moment, il regretta de lui avoir porté ce coup bas.

— Tout est pour le mieux, alors, répliqua-t-elle enfin, après une gorgée de champagne.

Elle s'assit sur le canapé, les pieds et les genoux serrés, les épaules contractées, comme si elle essayait de se replier sur elle-même. Vincenzo prit le temps de la regarder. De la regarder *vraiment*. Elle avait un foulard rouge noué autour de la tête, ses cheveux blonds coiffés en une sorte de chignon banane à l'ancienne. Elle portait un chemisier bleu noué à la taille, qui mettait en valeur sa poitrine généreuse. C'était dommage qu'il soit boutonné jusqu'en haut et le prive d'un décolleté aguicheur... Son pantalon rouge, assorti à son foulard, avait des revers au niveau des chevilles. En fait, Eloïse ressemblait à une pin-up des années 1950.

Elle était d'une beauté subtile, délicate. Elle n'était pas maquillée aujourd'hui, mais sa peau au naturel était claire et lumineuse. Ses lèvres étaient rose pâle, pleines, la lèvre supérieure arrondie et légèrement plus pleine que la lèvre inférieure. Vincenzo n'avait oublié ni la couleur de ses yeux ni la forme de sa bouche. Mais Eloïse avait autrefois un visage beaucoup plus étroit. Il le préférait ainsi, plus arrondi, les pommettes hautes et élégantes, moins saillantes.

Il se rendit compte qu'il s'était préparé à résister à la jeune femme de dix-huit ans qu'elle était restée dans son esprit, pas à affronter la femme qu'elle était devenue. Cette nouvelle Eloïse était-elle aussi naturelle et spontanée qu'elle en avait l'air, ou n'était-ce que ruse et manipulation ? Vincenzo s'en voulait de ne pas avoir les idées claires, occupé à se demander combien de boutons de son chemisier il faudrait dégrafer pour que son décolleté soit à la fois décent et excitant.

— Alors, dis-moi, lança-t-il, quels sont tes liens actuels ?

— Mes... liens ?

— Amoureux, professionnels, précisa-t-il.

— Je travaillais dans une grande propriété jusqu'au mois dernier. Mais le propriétaire l'a vendue, et...

Elle ferma les yeux, comme si le souvenir était douloureux, avant de reprendre :

— Je m'occupais en particulier d'une grande serre, pleine de plantes magnifiques et rares. C'était beaucoup de travail. Elle a été détruite pour que le nouveau propriétaire puisse construire une piscine. J'avais assez d'argent pour ne pas avoir à retrouver immédiatement du travail. J'envisage de créer ma propre pépinière. Je n'en suis pas encore là, mais j'y songe sérieusement.

— Pourquoi l'horticulture ? Comment est née ta vocation ?

Je n'ai pas le souvenir que tu t'intéressais particulièrement aux plantes.

— J'aime l'idée de faire pousser des choses. De laisser le monde un peu plus beau. Je ne veux pas être célèbre. Et si je deviens un personnage public, cela n'a aucune importance, car tôt ou tard, je retournerai dans l'ombre. Dans mon jardin. Cela n'a pas d'importance pour moi. Je veux décider de ma vie. Je sais que tu ne me crois peut-être pas, mais c'est vrai. Ma mère contrôlait toute mon existence : ce que je pensais, ce que je faisais, ce que je mangeais, ce que je portais. C'est fini. Et j'aime être moi-même. J'aime remplir le monde, même si ce n'est que de fleurs, plutôt que de l'appauvrir, de simplement prendre.

Vincenzo comprit qu'Eloïse n'avait pas l'intention de répondre à la partie sentimentale de sa question. Il se demanda malgré lui si l'ancien propriétaire qui l'employait avait également été son amant. Si elle en avait un nouveau.

Bon sang ! Reprends-toi, Vincenzo !

Il se leva d'un bond.

— Allons faire tes essayages !

Elle le regarda avec des yeux ronds. Il s'approcha d'elle et lui tendit la main. Elle ne la prit pas, l'air méfiant.

— Tu ne dois pas avoir peur de me toucher, tu sais.

— Ah bon ?

Vincenzo eut la nette impression qu'elle se moquait de lui.

— En tout cas tu dois au moins avoir l'air d'apprécier.

Elle prit sa main. Aussitôt, le contact de sa peau douce contre la sienne fut comme un coup de poing dans le ventre. Comme il aimerait que les mains d'Eloïse soient enroulées autour d'autres parties de son corps !

Il aurait préféré qu'elle soit terne et mal fagotée. Or il avait beaucoup trop d'expérience avec les femmes pour que la tenue d'Eloïse lui laisse deviner exactement à quoi elle ressemblerait nue.

Elle était l'incarnation de l'érotisme. Du sexe qu'il aimerait partager. Et cela l'indignait. Il s'était imaginé qu'il serait immunisé contre cette femme. Il s'était trompé à tel point que c'en était risible !

Il s'accrocha à son souvenir du moment où il avait découvert qu'il s'était passé quelque chose entre son père et elle. Cela lui permit de garder une certaine distance, de faire retomber sa pression intérieure – et celle qui pulsait dans sa virilité…

Quand ils entrèrent dans le bureau, au fond de l'appareil, Luciano se leva de son siège. Vincenzo fit les présentations, puis le styliste, à la mise impeccable et aux manières doucereuses, ôta le voile qui masquait un portant de vêtements de créateurs.

Vincenzo gagna son bureau et s'assit derrière.

— Allons-y, commençons ! ordonna-t-il.

— Tu ne veux tout de même pas que je… que je me déshabille devant toi ? ! protesta Eloïse.

Pourquoi était-elle si pudique ? Elle l'avait embrassé sur un lit, ses cuisses de part et d'autre des siennes, et aujourd'hui elle ne voulait pas se déshabiller devant lui ?

— Inutile de monter sur tes grands chevaux : il y a un paravent. Mais je reste là pour choisir les vêtements.

Comme il avait en tête la fine silhouette et les tenues voyantes de Cressida St. George, il avait donné des consignes précises à Luciano ; celui-ci avait donc apporté des robes dorées, scintillantes, pailletées, moulantes, dans des formes conçues pour accentuer les courbes, et des coupes qui flirtaient dangereusement avec les parties d'un corps féminin que la décence interdit de montrer. Plus la séance d'essayage avançait, plus Eloïse se décomposait – même si elle s'efforçait visiblement de faire bonne figure. C'était une torture aussi pour Vincenzo.

Eloïse venait de passer une robe dorée avec un col en V

profond qui exposait les arrondis de ses seins ; elle était ouverte très bas dans le dos, et Vincenzo devinait l'amorce de deux fossettes qui surmontaient le fessier arrondi de la belle Américaine. Cela lui donna une érection instantanée.

— Je…, commença Eloïse en se regardant dans le miroir, l'air choquée, mal à l'aise. C'est beaucoup trop révélateur.

— Tu trouves qu'elle ne te va pas ? demanda-t-il avec douceur.

Il ressentait le besoin de la réconforter, sans parvenir à démêler l'écheveau de ses sentiments pour elle. Il détestait cet état d'incertitude, mais Eloïse n'avait pas à payer pour cela et il ne serait pas cruel avec elle.

— Les femmes de mon gabarit ne portent pas de telles robes, qui sont clairement faites pour défiler sur un podium. Je vais me retrouver dans la même pièce que ma mère et je ressemblerai à…

Elle s'interrompit, la tête basse. Vincenzo la voyait changer d'heure en heure, comme si en se rapprochant de sa mère, Eloïse s'éloignait de sa confiance en elle. Elle était si légère et déterminée dans son jardin, quand elle avait proposé de participer à sa vengeance ! Il l'avait prise pour une menteuse, aussi bien à propos de leur ancienne amitié que de sa relation avec sa mère, mais peut-être qu'elle avait dit la vérité sur certains sujets…

— Vous avez l'air intense, sauvage ! intervint Luciano.

Eloïse grimaça.

— Merci, c'est gentil. Mais je ne me sens pas intense, je me sens… ronde.

— Tu dis ça comme si c'était une tare, dit Vincenzo.

— Ne te fais pas plus bête que tu ne l'es ! Tu sais comme moi qu'avoir de belles hanches signifie qu'on voit pointer les os.

— Pour les gens comme ta mère, en effet, mais le reste du monde s'en moque et est capable de distinguer la vraie beauté. Et puis est-ce ta mère que tu essaies d'impressionner ?

Comme tu l'as dit toi-même, elle est bornée. Moi, je te garantis que personne ne passera à côté de ton sex-appeal.

— Les gens vont comparer. Et ils feront des commentaires.

— Peut-être. Mais je suis ton amant, affirma-t-il. Et je te trouve magnifique. Si Luciano n'était pas là, je t'enlèverais ta robe et je t'allongerais sur le sol.

Prononcer ces paroles lui fit un drôle d'effet, comme un vertige, tandis que son sexe durcissait de plus belle. Il avait voulu commencer à jouer la comédie de leur pseudo-relation, mais cela semblait trop réel, ressemblait trop à la vérité.

Non sans s'être assuré que son érection était contenue par son caleçon, Vincenzo se leva et se rapprocha d'Eloïse. Son odeur délicate l'enveloppa, le ramenant aussitôt en arrière. Vers la fille qu'elle avait été. Pire encore : vers le garçon qu'il avait été.

Il se pencha sur elle et son souffle traça une ligne depuis le cou d'Eloïse jusqu'à son épaule nue.

— Et je t'aurais fait crier mon prénom en moins de trente secondes, lui chuchota-t-il à l'oreille. C'est ce que je me dis quand je te vois dans cette robe.

Il en avait oublié pourquoi ils étaient là, dans quel espace-temps ils étaient et qu'il était censé la garder à distance. Eloïse était écarlate. Elle tremblait de tous ses membres.

— Je... je me demande juste s'il n'y a pas un moyen plus... subtil d'y parvenir, bafouilla-t-elle.

— J'ai une idée ! s'exclama Luciano.

L'intervention du styliste permit à Vincenzo de se reprendre. Luciano saisit une robe vert émeraude et la tendit à Eloïse. Celle-ci passa derrière le paravent. Lorsqu'elle reparut, Vincenzo en eut le souffle coupé : elle était d'une beauté encore plus stupéfiante !

La robe, en velours frappé, décolletée juste ce qu'il fallait, soulignait les courbes d'Eloïse sans révéler trop de peau. Elle était serrée jusqu'aux genoux, puis s'évasait autour de ses chevilles.

— Celle-ci me plaît ! s'enthousiasma-t-elle.

— Vendue ! approuva Vincenzo. Mais je propose que Luciano retouche aussi la robe dorée.

Le styliste acquiesça.

— Les deux robes seront prêtes lorsque nous atterrirons. Et j'envoie les mesures de Mlle St. George à mon atelier pour que mon équipe se mette au travail à partir d'une garde-robe pour tous les jours.

— Merci, Luciano, dit Eloïse.

Vincenzo le remercia également, puis entraîna la jeune femme hors de son bureau. Cette séance d'essayage lui avait fait bouillir les sangs. En tant que membre de la famille royale d'Arista, très peu de choses lui étaient interdites. Alors bien sûr, la succulente pomme dont il ne devait pas prendre une bouchée était celle dont il avait le plus envie…

— Laisse-moi te montrer ta chambre. Tu aimerais peut-être prendre un bain ? proposa-t-il.

— Une baignoire dans un jet privé : je vois qu'on ne se refuse rien…, ironisa-t-elle.

Vincenzo sentit la moutarde lui monter au nez.

— As-tu l'intention de renâcler contre tout ce que je t'offre ? Puis-je te rappeler que tu es venue de ton plein gré ?

— Oui. Parce que je ne pouvais pas supporter l'idée que quelqu'un contrôle encore une fois ma vie. Revenir avec toi était plus facile. C'était mieux. Mieux que… bref, au moins, c'est moi qui ai pris la décision.

La culpabilité, une émotion à laquelle Vincenzo n'était pas du tout habitué, lui transperça les tripes. Eloïse le mettait en pièces. Avec des souvenirs, qui remettaient en cause ses certitudes. Et avec le simple fait qu'elle était elle-même, naturellement. Cela lui faisait oublier ce qu'il savait d'elle ; et la désirer follement…

D'un geste, il désigna une porte en acajou brillant.

— C'est chez toi.

Il ouvrit. Eloïse entra dans la vaste suite. Il savait que s'il l'y suivait, il aurait du mal à résister à la tentation – de la jeter sur le lit, de prendre un bain avec elle, de caresser son corps de rêve.

Il ne pouvait pas se le permettre. Pas maintenant.

— Je vais peut-être avoir besoin que tu m'expliques ce que tu attends de moi, dit-elle en se tournant vers lui.

Elle avait l'air vulnérable ; et tellement jeune ! Elle ressemblait à tout ce qu'il savait qu'elle n'était pas, et absolument pas à la fille de Cressida St. George.

Est-ce ainsi que cela se passe ? se demanda-t-il soudain. *Est-ce ainsi qu'une femme plante ses griffes dans sa proie masculine ?*

Cette pensée était injuste, il le savait. Les griffes de Cressida n'étaient pas plus enfoncées dans les chairs de son père, que Vincenzo n'avait les crocs plantés dans le cou d'Eloïse. Le roi et sa maîtresse étaient ensemble de leur propre gré, toxiques de leur propre gré, et tandis que Cressida St. George avait brisé la reine, le roi avait de son côté décidé de leur faire du mal à tous les deux.

— Repose-toi, dit-il. Il y a encore cinq heures de vol avant que nous n'atterrissions à Arista. Nous irons d'abord à mon appartement, puis au palais.

— Très bien.

— Et nous exciterons les journalistes et les paparazzis.

À ces mots, elle eut l'air effrayée. Sa réaction semblait sincère.

— Ne t'inquiète pas, cela va bien se passer. Tout ce que tu auras à faire, c'est me suivre, faire ce que je dis et me regarder comme si j'étais à la fois le soleil, la lune et les étoiles. Tu l'as déjà fait une fois, ne put-il s'empêcher d'ajouter.

— Oui, dit-elle, les larmes aux yeux tout à coup. Mais cette nuit dont tu te souviens à peine m'a fait tomber du ciel. Et depuis, je n'ai plus jamais essayé d'atteindre les étoiles ou la lune.

Elle lui ferma la porte au nez. Vincenzo se retrouva dans l'allée, se demandant pourquoi il avait soudain des douleurs dans la poitrine.

4.

Eloïse prit un bain, mais il lui fut impossible de se reposer sachant qu'elle atterrissait à Arista ; et impossible de se détendre après ce qu'il s'était passé…

Elle s'était ridiculisée. Elle avait exposé ses failles et ses angoisses. Elle était bien trop honnête. Elle lui avait rappelé cette nuit entre eux, une nuit dont il avait affirmé ne pas se souvenir.

Il ne s'en souvenait pas !

Elle avait aimé Vincenzo Moretti plus que tout, alors même qu'elle n'aurait jamais pensé avoir un jour envie d'un homme. Parce qu'elle avait détesté la façon dont sa mère se comportait avec ses amants – même si elle n'avait que six ans lorsqu'elles avaient déménagé à Arista et que sa mère était devenue la maîtresse du roi, elle se souvenait des hommes d'avant.

Elle s'était dit qu'elle ne se laisserait jamais détruire par les hommes. Qu'elle ne dépendrait jamais d'eux. Mais Vincenzo avait toujours été différent à ses yeux.

Elle l'avait d'abord vu comme un ami. Un protecteur. À quinze ans, elle avait l'impression que son cœur allait exploser quand il était près d'elle. Quand il était parti à Oxford, elle avait cru mourir.

Durant ces années de solitude, elle n'avait vécu que pour les rares fois où il lui rendait visite. Voilà pourquoi elle avait décidé de se donner à lui lorsqu'il était revenu à Arista, son diplôme en poche. Pour qu'il sache à quel point elle l'aimait.

Elle se souvenait du moindre détail. Elle avait dix-huit ans et, malgré sa morne existence, elle était pleine d'espoir.

Elle avait emprunté une des robes de sa mère, que celle-ci n'avait même jamais portée… Elle était près du corps, sexy, et avec un peu de chance, elle attirerait l'attention de Vincenzo.

Elle s'était faufilée dans sa chambre à minuit. Il était au lit, torse nu. Il était si beau que son cœur s'était bloqué dans sa gorge. Elle en avait presque pleuré.

— Eloïse ? Qu'est-ce que tu fais là ?

— Il fallait que je te voie.

— Tu aurais pu attendre le petit déjeuner.

— Non, je ne pouvais pas.

Elle avait traversé la pièce et, tremblante, avait grimpé sur le lit, positionnant son corps sur le sien.

— Je… Je te veux, Vincenzo. Je t'aime.

Elle s'était penchée et l'avait embrassé. Son premier baiser, et c'était tout ce qu'elle avait toujours voulu. Parce que c'était lui.

Vincenzo avait placé la main derrière sa tête et il l'avait embrassée en retour. Elle l'avait senti devenir dur entre ses jambes, et ça lui avait donné des frissons.

Mais soudain, il l'avait repoussée.

— Eloïse, non ! Tu es trop jeune pour savoir ce que tu veux.

— Je le sais, avait-elle répliqué en faisant courir ses mains sur son torse. Je te veux *toi*. Je t'aime.

— Tu ne connais aucun autre homme. Pars. Va à l'université. Embrasse d'autres hommes. Et si à ton retour, tu penses que tu m'aimes encore… Tu seras toujours mon Eloïse.

Mais elle ne l'avait jamais été.

Vincenzo avait été si prompt à croire les mensonges que la reine avait proférés sur elle, et que la presse avait repris.

Un matin, il lui avait tendu un chèque en lui lançant, le visage de marbre :

— Va-t'en d'ici, Eloïse.

— Vincenzo, je n'ai pas… je n'aurais jamais…

— Prends cet argent, pars et ne reviens pas.

Après cette scène, elle avait longtemps pensé qu'elle n'était peut-être pas digne d'être aimée. Elle savait désormais que ce n'était pas le cas ; et qu'elle ne pouvait pas se définir par ce que les gens autour d'elle ne pouvaient ou ne voulaient pas donner. Ce n'était pas sa responsabilité. Elle ne pouvait qu'être fidèle à elle-même. Elle ne pouvait pas porter le fardeau des autres, ni tout ramener à elle et se sentir responsable. Elle l'avait compris en suivant une thérapie.

Pourtant, être près de Vincenzo lui donnait le sentiment d'avoir de nouveau dix-huit ans, de devoir se comporter comme on l'attendait d'elle. Eloïse détestait cela.

Elle repensa à la façon dont Vincenzo l'avait regardée durant les essayages. Comme s'il la trouvait belle, maintenant. C'était à n'y rien comprendre…

En sortant de la salle de bains, elle avait trouvé, à sa grande surprise, une tenue accrochée sur cintre à la porte de la chambre. Elle se composait d'un pantalon et d'un haut en lin blanc, ainsi que de dessous en dentelle blanche. Elle enfila l'ensemble. Il lui donnait une allure nuptiale. C'était absurde : Vincenzo n'avait jamais parlé de mariage. Il voulait seulement la présenter au monde comme sa maîtresse. Elle ne maîtrisait pas les tenants et les aboutissants de son plan, et ignorait quels ressorts psychologiques étaient à l'œuvre. Toutefois, elle savait l'image qu'il avait de Cressida et se doutait qu'il y avait un lien. Il avait été traumatisé, tout comme Eloïse, et c'était dans ces douleurs du passé qu'il fallait chercher l'explication à son comportement actuel.

En dépit de sa compréhension teintée d'indulgence, voire de bienveillance, Eloïse se sentait… rabaissée. Elle n'était pas effrayée par la presse : certains médias l'avaient déjà clouée au pilori quand elle était plus jeune et plus tendre. Non, ce qui l'angoissait, c'était de redevenir la petite fille solitaire et en manque d'affection qui voulait tellement coller aux attentes de Vincenzo. À celles de sa mère. Elle était devenue une femme qui s'efforçait de coller à ses propres attentes, ce qui la rendait profondément heureuse.

Et pourtant…

Pourtant, elle avait étouffé la partie d'elle-même qui voulait être considérée comme attirante par les hommes. La façon dont sa mère s'était toujours comportée dans ses relations la préoccupait. Et ce qui s'était passé avec Vincenzo l'avait encore plus inquiétée, car cela l'avait convaincue qu'elle n'était pas digne de vivre ce genre de rapports. Or ce qu'elle vivait depuis la réapparition de son amour de jeunesse ne faisait que le confirmer. Parce qu'elle était de nouveau peu sûre d'elle-même, de nouveau mal à l'aise, qu'elle ressentait de nouveau toutes ces émotions négatives qu'elle avait essayé d'oublier. Elle pensait à son corps à travers le regard des autres, et elle était déterminée à y mettre fin.

Au moment où elle se faisait cette promesse, on frappa trois coups secs à sa porte.

Eloïse se retrouva face à Vincenzo, resplendissant dans un costume sombre, les cheveux rejetés en arrière, l'expression énigmatique. Elle songea fugitivement que cet homme était trop pour elle – trop beau, trop charismatique, trop puissant, la liste était longue.

— Nous allons bientôt commencer notre descente, dit-il. Viens t'asseoir.

Son estomac se contracta. Arista…

Elle avait vécu aux États-Unis jusqu'à l'âge de six ans, jusqu'à ce que sa mère rencontre le roi Giovanni Moretti lors d'une fête. Eloïse avait une vie confortable, alors, même si elle ne voyait pas sa mère très souvent et que c'était principalement une nourrice qui s'occupait d'elle.

Puis le roi les avait emmenées vivre à Arista, et tout avait changé. Eloïse avait été transformée en secret, isolée, coupée du reste du monde, de ses amis, de tout.

En prenant place sur le canapé en cuir, elle constata qu'elle avait les mains moites. Elle n'avait jamais pensé qu'elle retournerait un jour à Arista. Il était facile d'être confiante et heureuse en Virginie, dans la nouvelle vie qu'elle s'était taillée, entre soirées tranquilles à la maison, jardinage et réunions avec son club d'art floral. Les gens ne savaient rien de son passé, ignoraient qui était sa mère.

Et voilà qu'elle retournait sur les lieux où elle avait été façonnée pour devenir une Eloïse qu'elle n'était pas au fond d'elle, entre les piques de sa mère et la froide indifférence du père de Vincenzo. Deux couloirs vides et béants qui avaient nourri et amplifié sa solitude, créé un écho triste dans sa poitrine qui s'était propagé dans tout son corps.

Elle détestait cette perspective. Mais si Vincenzo avait raison ? Si la vengeance était sa planche de salut ?

— Tu n'as pas l'air bien, déclara-t-il, la tirant de ses sombres cogitations.

— Je ne me réjouis pas de revenir à Arista.

— Tu m'as dit que tu avais suivi une thérapie, non ?

— En effet. Elle m'a été très utile, mais j'étais loin de ma mère et de la source de mes traumatismes.

— Des… *traumatismes*, répéta-t-il d'un ton légèrement moqueur.

Eloïse ne s'en formalisa pas. Ce que le prince Vincenzo Moretti pensait d'elle, ou de quoi que ce soit d'autre d'ailleurs, ne lui importait plus.

— Oui. J'ai trouvé la vie au palais assez traumatisante. Pas toi ?

— Je ne me préoccupe guère de mes traumatismes, déclara-t-il en portant son verre de whisky à ses lèvres.

— Pourrais-tu affirmer que tu étais heureux, là-bas ? Parce qu'il me semble que tu étais plus souvent absent que présent. C'est plutôt étonnant de la part de l'héritier du trône, non ?

— Je ne monterai jamais sur le trône. Et je n'aurai jamais d'héritier. La royauté s'éteint avec moi. Le peuple reprend le pouvoir.

— Ton père sera dévasté !

Un sourire malicieux incurva ses lèvres.

— Je l'espère bien !

— La vengeance…

— Cela ne te réjouit pas, Eloïse ?

Elle baissa les yeux.

— Si je suis honnête avec toi, je ne sais pas. Je suis venue avec toi, alors peut-être que je… Peut-être qu'une partie de moi veut les blesser tous les deux. J'espère que non. J'espère que…

— Tu espères être plus civilisée ou plus clairvoyante que moi en proposant de m'aider en tant qu'amie dans mes efforts ?

— Oui, concéda-t-elle. Je suis désolée si tu ne comprends pas ça. Je ne suis pas sûre de comprendre moi-même grand-chose à mes propres sentiments, en ce moment.

— Cela ne m'arrive jamais. Je crois que c'est parce que je suis honnête. À propos de ce que je veux et de qui je suis.

— Et tu ne crois pas que je le suis ?

Vincenzo la regarda fixement pendant un long moment.

— Tu as beaucoup de qualités, *cara*, mais je ne suis pas certain que l'honnêteté en fasse partie. Mais tu es belle, et tu feras une excellente arme contre mon père. C'est tout ce que j'attends de toi.

Une limousine les attendait sur le tarmac au pied de la passerelle du jet.

À mesure qu'ils se rapprochaient du centre-ville, Eloïse avait l'impression de se reconnecter avec une partie morte d'elle-même, avec une Eloïse St. George qu'elle ne reconnaissait pas. Qui voulait être belle, comme sa mère. Qui voulait être spéciale. Qui voulait se sentir entière. Se sentir réelle. Et à l'époque, cela passait par l'approbation de sa mère et l'attention du prince Vincenzo. Cette pauvre fille ne savait pas ce qu'était l'amour.

Et maintenant, tu le sais ? lui murmura une ironique petite voix intérieure.

Au moins, elle savait ce que l'amour n'était pas. Et elle considérait cela comme un progrès.

Eloïse laissa son regard se perdre à travers la vitre. Ils se dirigeaient vers les gratte-ciel modernes du quartier d'affaires d'Arista, qui dominaient la vieille ville aux rues pavées et au charme préservé.

— Je n'ai jamais passé beaucoup de temps en ville, dit-elle comme pour elle-même. Nous voyagions parmi le personnel de ton père. Nous avons passé beaucoup de temps à Paris. Je n'y suis pas retournée depuis mes quinze ans.

— Pourquoi pas ?

— Parce que je vis et travaille en Virginie, répondit-elle, étonnée par sa question. Tu penses que j'ai les moyens d'être une jet-setteuse ? J'ai pris le chèque que tu m'as donné et je m'en suis servi pour construire quelque chose. Mais c'était loin d'être suffisant pour faire de moi une personne indépendante et riche à vie. J'ai un budget à respecter.

— Et aucun de tes… *bienfaiteurs* ne t'a emmenée en Europe ?

— Mes bienfaiteurs ? répéta-t-elle, interdite, ne sachant de quoi il parlait. Tu veux dire : mes employeurs ?

— Non, je veux dire tes amants.

Eloïse tiqua. Comment osait-il ? Elle s'efforça de garder son calme.

— Qu'est-ce qui te fait croire que j'ai des amants qui m'entretiennent ?

Il la fixa pendant un long moment, d'un regard dérangeant qui la mettait au défi de le contredire.

— Es-tu en train de me dire que ce n'est pas le cas ?

— Je ne te dis rien, je te pose une question. Qu'est-ce qui, dans ce que je suis, ou dans ce que tu as vu de ma vie, te suggère que des papas-gâteaux m'emmènent aux quatre coins de la planète ?

— C'est seulement que ta mère…

— Ah ! ma mère…, le coupa-t-elle, sans masquer son exaspération cette fois-ci. Nous ne sommes pas les mêmes, Vincenzo. Nous ne nous ressemblons pas. Nous n'agissons pas de la même façon. Ma mère a passé les vingt dernières années avec ton père, vivant une étrange demi-vie. Ils ne sont pas fidèles, elle est toujours une créature de la nuit et de la fête, parce qu'elle ne peut jamais être liée à lui. Parce qu'elle ne peut pas avoir la notoriété à laquelle elle aspire, qu'elle a connue et échangée contre de l'argent. La mondaine la plus brillante, la plus célèbre et la plus dénigrée que l'Amérique ait eue à offrir au début du millénaire vit désormais dans l'ombre. Tu penses que je suis ce genre de personne ? Tu crois que je suis une poule de luxe déguisée en horticultrice pour tromper les paparazzis ? Ou alors entretenue par des gens si haut placés que les tabloïds n'ont pas accès à moi ? Alors si tu penses que je suis une putain, vas-y, dis-le clairement.

Une froide colère coulait dans ses veines, à présent. Vincenzo l'humiliait ; il n'avait aucune excuse à ses yeux.

— J'ai supposé que tu avais gardé le genre de vie que tu avais quand tu as quitté le palais.

— Parce que tu penses connaître la vérité ? Une vérité que t'aurait soufflée ta mère ? Comme si elle n'avait pas eu de bonnes raisons de… comme si elle avait voulu que tu m'apprécies, ajouta-t-elle après une pause.

— Attention à ce dont tu accuses ma mère, la menaça Vincenzo entre ses dents serrées.

— Pourquoi ? Elle a fait attention à ce dont elle m'a accusée, elle ? s'emporta-t-elle. Et même si c'était vrai, d'ailleurs : cela ferait-il de toi quelqu'un de meilleur que moi ?

— Eloïse…

— Non. Admets-le. Tu es exactement comme ton père. Comme la plupart des hommes. Vous jugez une femme par sa façon de s'habiller, et sa moralité en vous basant sur le nombre d'hommes avec lesquels elle aurait couché. Mais cela ne vous apprendra jamais rien sur aucune femme, Vincenzo. Tu as paradé dans le monde entier avec à ton bras des stars, des héritières, des princesses… Tu as couché avec des dizaines d'entre elles. Qu'est-ce que c'est censé m'apprendre de tes valeurs morales ?

Un rire dur franchit les lèvres du prince.

— Je n'ai jamais dit que j'étais meilleur que mon père ou que toi. Je ne suis pas un saint, et je n'ai jamais cherché à le devenir. Je baigne dans l'immoralité, mais, contrairement à mon père, mes liaisons ne concernent que moi et n'ont pas de conséquence sur tout un peuple, une nation entière. De toute façon, je ne chercherai pas à régner. C'est peut-être la seule chose qui me rachète : je ne suis pas avide de pouvoir. J'en ai, j'ai aussi de l'argent, mais je n'en veux pas plus. Et je ne crains pas de perdre mon statut. Je sais qui je suis. Mon père est petit. Il a peur d'être destitué. Il a peur d'être démasqué. Peur de tout perdre. Et je veillerai à ce qu'il en soit ainsi.

Eloïse était abasourdie par l'amertume qui suintait de la tirade de Vincenzo. Avant qu'elle ait pu se ressaisir et lui répondre, il enchaîna :

— De mon côté, il n'y a rien à détruire. J'ai travaillé en coulisses pendant des années pour redonner à Arista son lustre d'antan. Je donnerai tout pour mon pays et pour son peuple. Alors, oui, je continuerai à être un débauché. Mais jamais je n'imposerai à mon peuple une moralité à laquelle je ne crois pas moi-même. Je ne mettrai pas de masque. Tu te trompes sur moi : je me fiche de la manière dont tu mènes ta vie, je me fiche de savoir avec qui tu as couché. Et je me fiche de savoir qui finance ta vie. Seulement, je ne veux pas qu'on me mente.

— Tu n'as pas gagné le droit d'accéder à mes secrets, répliqua-t-elle, la poitrine serrée.

— Pourquoi ?

— À part le fait que j'ai déjà été jetée en pâture à la presse ? demanda-t-elle, ironique. Quelque part au milieu de nos secrets sont enterrées nos angoisses. Et certains aiment plus que tout les utiliser contre nous. Je ne m'exposerai pas à un tel danger. Je ne ferai pas de moi une cible facile. Je refuse. Je ne me prosternerai donc jamais pour le bon plaisir d'un homme. Et surtout pas du tien.

— Tant que tu es une bonne actrice, cela n'a pas d'importance.

Il bougea légèrement sur son siège et Eloïse perçut son odeur épicée. Elle frémit de tout son être.

Le vrai souci était qu'elle n'avait pas à faire semblant d'être attirée par lui. Le vrai souci était qu'elle l'assumait. Le vrai souci était que quelqu'un puisse deviner ce qu'elle ressentait – que *lui* puisse deviner…

La voiture s'arrêta devant un grand bâtiment de verre et d'acier. Les surfaces vitrées reflétaient les montagnes au loin, ce qui donnait un spectacle saisissant. Eloïse en eut le souffle coupé.

C'était le palais de Vincenzo, en quelque sorte. Celui d'où il exerçait son pouvoir, un palais très différent de celui où ils allaient se rendre plus tard le soir même. C'était le palais d'un homme qui avait gagné son argent, pas d'un homme qui l'avait pris dans les poches des citoyens d'Arista.

Le hall d'entrée était stupéfiant. Une architecture moderne qui brillait de l'or brossé plutôt que du chrome attendu. Ce n'était pas surchargé ni de mauvais goût, mais évoquait plutôt le feu.

Les portes de l'ascenseur étaient de ce même doré qui semblait presque une matière vivante, incandescente. Vincenzo posa sa paume sur un panneau et les portes s'ouvrirent silencieusement.

— C'est mon ascenseur privé. Le seul moyen d'accéder à mes appartements.

— Tu es donc devenu le roi d'Arista, finalement, dit Eloïse, impressionnée.

La paroi arrière de l'ascenseur, vitrée, donnait sur la ville. À mesure qu'ils s'élevaient au-dessus des bâtiments, Eloïse était confirmée dans son impression : Vincenzo était le vrai maître de ce royaume.

Ils débouchèrent dans un vaste salon à la décoration minimaliste et moderne, au sol en béton ciré noir.

— Tes affaires arriveront bientôt, l'informa Vincenzo. Tu vas pouvoir te reposer.

— J'aimerais manger.

— Nous dînerons au palais.

— Oui. Mais d'ici là, j'aurai l'estomac noué par l'anxiété, alors je voudrais manger quelque chose.

Il fit un geste en direction de la cuisine ouverte, délimitée par un comptoir en ciment.

— Comme tu voudras.

Elle se dirigea vers le réfrigérateur et l'ouvrit. Elle découvrit des plateaux de fruits, d'autres de viande, de charcuterie, de fromage, de crudités. Elle les sortit et ouvrit les placards à la recherche d'une assiette et d'un verre. Ensuite, elle piocha sur chaque plateau pour se confectionner un en-cas, puis se servit un grand verre d'eau gazeuse.

Vincenzo l'observait, adossé à l'îlot central, silencieux. En regardant autour d'elle, Eloïse constata qu'il n'y avait pas de table. Elle gagna le living-room et s'installa sur le canapé en cuir qui faisait face aux baies vitrées. Elle posa son assiette sur la table basse et porta un grain de raisin à sa bouche.

— C'est un bel endroit, dit-elle.

Il secoua la tête en soupirant bruyamment. Puis, comme s'il ne pouvait plus se contenir, il lança sèchement :

— À quoi joues-tu ?

— Je ne joue pas, Vincenzo. Mais comme toi, tu joues sans cesse, tu calcules tout, tu échafaudes des stratégies, tu penses que les autres aussi. Tu es perdu et troublé justement parce que je ne joue aucun jeu. Et je ne le ferai pas. Je ne suis pas une menace pour toi, tu sais. Je suis simplement moi. J'ai changé. Je n'ai été l'Eloïse que tu as connue qu'à cause de ma mère. Et j'ai travaillé très dur pour devenir l'Eloïse que je suis. Arrête de me prendre pour quelqu'un d'autre.

— Comment puis-je… ?

— C'est toi qui es venu à moi, Vincenzo, le coupa-t-elle. Si tu ne l'avais pas fait, je ne serais jamais revenue ici.

— Tu as accepté facilement…

— Oui. Parce que je pensais ce que j'ai dit : si tu as besoin d'aide, je vais t'aider. Si j'ai bien compris en lisant entre les lignes de tes propos vindicatifs, tu essaies de sauver ton pays. Je respecte cela. Ton père l'a presque mené au chaos, et il me semble que tu es la seule personne capable de redresser la situation. Je crois que tu es bien intentionné, que tu veux faire ce que tu penses juste pour Arista. Le personnel du palais a toujours été gentil avec moi, malgré le drame qui se jouait à trois entre tes parents et ma mère. Ils ont toujours été si gentils. Et Arista a été mon foyer pendant si longtemps ! Alors je vais t'aider. Mais sache que je ne cherche pas à en tirer profit.

Vincenzo semblait ébranlé par ses paroles. Eloïse en retira une satisfaction coupable. Ce n'était pas rien de désarçonner le prince héritier d'Arista, se dit-elle en dégustant un morceau de fromage.

Dans le hall, tandis qu'au bras de Vincenzo elle se dirigeait vers la sortie, Eloïse jeta un regard à son reflet dans la paroi vitrée. La robe verte, retouchée, mettait à présent sa silhouette en valeur.

Et quand ils franchirent les grandes portes, ce fut une explosion de flashs et de questions criées par les journalistes massés devant l'immeuble : « C'est Eloïse St. George ? L'ancienne maîtresse de votre père ? », « Où se cachait-elle ? », « Que fait-elle à Arista ? »

Eloïse eut l'impression de se retrouver des années en arrière, quand elle avait dix-huit ans et le cœur brisé, à cette époque où elle avait encore des sentiments pour Vincenzo et s'était retrouvée affublée du rôle de la courtisane dans une pièce jouée par le roi sur la scène internationale.

Son cœur battait si fort qu'elle était proche du malaise. D'un geste impérieux de la main, Vincenzo instaura un semblant de calme.

— Oui, c'est Eloïse St. George, lança-t-il d'une voix puissante. Et vous connaissez les vieilles histoires à son sujet. Mais vous ne connaissez pas la vérité sur la façon dont elle est arrivée au palais royal. Sa mère est la maîtresse de mon père depuis qu'Eloïse a six ans. Elle et moi nous connaissons depuis l'enfance. Comme beaucoup d'entre vous, c'est à elle que j'ai reproché le comportement de mon père, à l'époque. Il était roi, elle avait dix-huit ans, la presse l'a traquée et traitée comme la méchante de l'histoire. Nous sommes ici pour démasquer le vrai méchant.

— Cressida St. George, la maîtresse de votre père ? demanda l'un des reporters. Il s'est dit que l'écart de conduite avec Eloïse avait été le seul que…

— Vous découvrirez que mon père est économe de la

vérité quand ça l'arrange. Qu'il est du genre « faites ce que je dis, ne faites pas ce que je fais » avec son peuple. Vous pourriez être choqué d'apprendre à quel point le roi a laissé tomber Arista.

— Vous avez des preuves ? demanda un autre journaliste.

— J'ai beaucoup de preuves, répliqua Vincenzo. Je me ferai un plaisir de vous les donner. Mais maintenant, je dois emmener Eloïse dîner au palais. Cela fait longtemps qu'elle attend. Je suis ici pour dire à mon père qu'il est fini.

Ses lèvres s'étirèrent alors en un sourire carnassier qui fit frissonner Eloïse jusqu'aux os.

— Et croyez-moi quand je vous dis que vous aurez toutes les informations dont vous avez besoin pour vous assurer que la ruine est complète.

Sur ces mots, il traversa la foule hébétée des paparazzis et entraîna Eloïse jusqu'à la limousine.

5.

Tandis que la limousine se rapprochait du palais, Vincenzo se sentait presque désolé pour Eloïse. Elle était pâle, silencieuse et semblait fatiguée. De plus, l'effroi qui émanait de toute sa personne était presque palpable.

— Tu es nerveuse ?

Pour la première fois, il eut le sentiment d'avoir fait un mauvais calcul. Eloïse était non seulement blessée, mais aussi plus bouleversée qu'il ne l'avait supposé. Il l'avait mal jugée. Il avait fait des suppositions sur la personne qu'elle était en se basant sur la conviction qu'elle se sentait coupable de la relation qu'elle avait eue avec son père. Et l'image d'elle qu'il s'était construite au fil des années avait fini par remplacer celle qu'il avait quand ils étaient jeunes. À se demander si une part obscure de lui-même ne l'avait pas fait exprès…

Lorsque la limousine s'immobilisa devant l'entrée principale, son estomac se contracta. Tout son corps se raidit.

Il n'était pas revenu ici depuis la mort de sa mère, un an auparavant. Cet événement tragique avait déclenché son plan d'attaque. Quand il était entré dans sa chambre pour lui dire adieu, il avait été pris à la gorge par la rancœur et l'amertume, accumulées des années durant, qui imprégnaient la pièce. On aurait dit qu'elles s'étaient déposées sur les meubles et les tissus comme une couche invisible de poussière. Et cette poussière était entrée dans les poumons de Vincenzo, puis dans tout son être.

Un valet ouvrit la portière. Il chassa ses sombres pensées et descendit du véhicule. Il prit le bras d'Eloïse. Les grandes doubles portes s'ouvrirent lentement devant eux. Soudain, à sa grande surprise, elle se mit à rire doucement.

— Que se passe-t-il ?

— Oh ! rien... C'est juste que... ça aurait été mon rêve, quand j'avais seize ans, d'arriver au palais avec toi. Je me serais sentie comme la fille la plus chanceuse du monde.

— Eh bien, pour le moment, tu es surtout en train de compromettre mes efforts. Ma venue est censée être inquiétante, voire menaçante, aussi l'hilarité ne me semble-t-elle pas de mise...

— Tu es déjà bien assez inquiétant et menaçant au quotidien, inutile en plus de tirer des têtes d'enterrement !

— Tu aurais peut-être préféré que ce soit une charmante réunion de famille, rétorqua-t-il, sarcastique.

— Pourquoi pas ? Après tout, nous sommes pratiquement frères et sœurs par alliance, lança-t-elle du tac au tac.

Il eut presque un mouvement de recul.

— Nous ne sommes rien de la sorte ! Nos parents ne sont pas mariés, que je sache.

Ils se regardèrent droit dans les yeux pendant un instant. Vincenzo eut l'impression qu'un incendie démarrait dans ses veines. Mais ce n'était pas seulement de l'excitation : il ressentait une forme inattendue de... solidarité.

Il avait pensé forcer Eloïse à venir, mais elle avait proposé d'elle-même de l'accompagner. En tant qu'amie. Même après tout ce qu'elle avait vécu à Arista, elle lui avait offert ce cadeau.

Il songea confusément qu'il lui faudrait peut-être en être digne, à défaut de reconnaissant.

Ils furent conduits à travers les longs couloirs du palais jusqu'à la grande salle à manger. Son père était assis en bout de table ; à sa droite se trouvait Cressida St. George.

La mère d'Eloïse leva les yeux. Ses prunelles étaient comme deux pierres précieuses étincelantes. Ses ongles étaient de longues griffes rouges.

Lorsque sa mère était encore en vie, jamais elle n'avait été autorisée à s'asseoir à cette place. Vincenzo pouvait voir sur son visage qu'elle jubilait de ce changement.

— C'est merveilleux que vous puissiez vous joindre à nous ce soir, dit-elle.

Qu'elle les reçoive ainsi comme si elle était la maîtresse des lieux, leur hôtesse, lui donnait la nausée.

— Les autres invités arriveront bientôt, intervint son père.

Tout à coup, l'atmosphère changea. Cela prit une fraction de seconde. Juste le temps que la mère d'Eloïse reconnaisse sa fille ; et que, presque simultanément, son père aussi. On aurait dit que le temps, subitement gelé, avait suspendu son cours.

— Qu'est-ce que cela signifie ? demanda le roi.

— Oh ! lâcha Vincenzo, faussement léger, comme s'il avait simplement omis de faire les présentations. Eloïse est venue. C'est ma… maîtresse. Il se trouve que je l'apprécie beaucoup, depuis quelque temps.

Cressida toisa sa fille d'un air dédaigneux.

— C'est impossible ! cracha-t-elle. Elle a pris au moins quinze kilos depuis la dernière fois que je l'ai vue. Je pensais qu'un homme de votre standing aurait meilleur goût !

Cette réaction le surprit autant que l'inattendu moment de… camaraderie partagé avec Eloïse avant de rentrer. Mais ce qui le surprit encore plus, ce fut la rage qu'il ressentait envers Cressida en cet instant précis. Certes, il avait été dur avec elle lorsqu'il l'avait rencontrée pour la première fois, et il ne l'avait jamais portée dans son cœur. Mais la façon dont elle traitait sa propre fille, ce regard qu'elle posait sur elle…

Il réalisa qu'elle la détestait. Parce qu'elle était jeune et belle. Sa propre fille l'éclipsait et Cressida St. George ne pouvait pas le supporter.

— Oh ! j'ai très bon goût, merci de vous en soucier, dit-il avec calme. Et je trouve exquise chaque courbe du corps d'Eloïse. À tel point que je vais le faire savoir au monde entier, et rendre publique notre relation.

— Tous les invités qui seront présents ce soir font partie de ma garde rapprochée. Ils sont bien conscients de la nature de ma relation avec Cressida.

— J'en suis bien certain, Père. Mais vos acolytes sont une chose, le grand public en est une autre. J'ai déjà parlé à la presse. Les journalistes se souviennent parfaitement du seul de vos péchés qui leur soit revenu aux oreilles. Vous avez fait en sorte d'en faire porter la responsabilité au personnage féminin. Pour faire croire que vous n'étiez qu'une victime. Mais j'ai des preuves du contraire, et je vais m'assurer que le monde entier l'apprenne. Pas seulement votre écart de conduite, mais aussi tout ce que vous avez volé à Arista. Vous avez escroqué ce pays et son peuple, et j'ai l'intention d'exposer vos torts, puis de les réparer.

Son père avait blêmi, mais il n'eut pas le temps de protester : les dignitaires et diplomates invités faisaient leur entrée dans la salle.

Durant tout le dîner, Eloïse garda une attitude posée, réservée. Toutefois, tandis qu'il faisait la conversation, n'hésitant pas à brocarder la situation économique du royaume, il la sentait se contracter à son côté.

Il avait une folle – et inexplicable – envie de la protéger. Il était ici en mission pour son pays, sa vengeance. Et pourtant, elle l'obnubilait. Ce qui n'était pas prévu dans son plan.

Il avait décidé que ce soir, il ne dirait pas un mot de plus à son père, se contentant de n'échanger qu'avec les invités. Au moment où ceux-ci se retirèrent, il se leva de table à son tour. Son père le rattrapa avant qu'il ne quitte la salle à manger et le retint.

— Eloïse et moi retournons à mon appartement, lui dit-il, glacial. J'aimerais plutôt me coucher tôt avec elle. Vous pouvez sûrement comprendre cela, non ?

— Tu as été élevé avec elle, s'offusqua le roi.

— Et vous, vous avez profité d'elle, répliqua Vincenzo. Ce que je ne ferai pas.

— Tu ne rendras pas publiques ces histoires !

— C'est déjà fait.

D'un geste vif, son père tendit la main et attrapa Eloïse par le bras.

— Si tu veux jouer à la pute…

— Je ne l'ai jamais fait, le contra-t-elle, imperturbable. Vous le savez très bien. Mais vous avez laissé l'histoire sortir comme elle est sortie parce que vous pensiez que cela détournerait l'attention du public de ce que vous faisiez par ailleurs. Je le comprends, à présent, tout comme je comprends que mon image et mon physique, jetés en pâture aux médias, vous ont permis de passer pour une victime. Et d'éloigner de ma mère certains regards trop curieux qui s'approchaient trop près de la vérité.

Vincenzo était immobile, figé, incapable de réagir. Il y avait eu peu de fois dans sa vie où il s'était senti complètement dépassé. C'était arrivé quand Eloïse l'avait embrassé, et qu'il l'avait repoussée malgré un besoin impérieux de lui faire l'amour.

Et maintenant.

Il n'avait jamais eu vent de cette histoire.

— Je ne savais pas pourquoi je suis revenue, reprit Eloïse, d'une voix étrangement détachée. Mais je comprends, à présent. C'était pour assister à votre chute depuis les premières loges. Vous m'avez détruite aux yeux du monde entier, mais j'ai refusé que ce soit le dernier mot de mon histoire. Car c'est moi qui l'écrirai. Vous n'avez pas réussi à me forcer à devenir votre maîtresse, pas réussi à m'humilier assez pour que je disparaisse du paysage, et vous ne m'intimiderez pas pour que je me taise. Vous êtes un vieil homme tordu et pervers. Vous avez peut-être fait de ma mère votre marionnette, mais vous n'avez jamais réussi à faire de moi votre jouet.

Elle marqua une pause et darda sur sa mère un regard assassin.

— Toi non plus, reprit-elle. Tout ce que je suis devenue, je ne le dois qu'à moi-même.

Elle pivota et, d'une démarche digne, quitta la salle.

Vincenzo resta pétrifié quelques secondes, puis il réalisa que sa place était avec elle. Ne l'avait-il pas amenée ici ? N'était-il pas responsable de sa détresse, de sa douleur ?

Pendant des années, il avait ajouté foi à un mensonge. Il avait été le pion de son père, comme tant d'autres, et cela le blessait autant que la culpabilité qui l'assaillait désormais.

— Eloïse ! lança Vincenzo en rattrapant la jeune Américaine. Dis-moi tout.

— Maintenant tu veux la vérité ? répliqua-t-elle, cynique. Tu aurais toujours dû savoir, Vincenzo. Toi, plus que quiconque, tu aurais toujours dû savoir.

— Comment l'aurais-je pu ?

Mais en posant cette question, la certitude qu'il était passé à côté de quelque chose hurlait comme une bête sauvage à l'intérieur de lui.

— Parce que tu me connaissais, répondit simplement Eloïse.

— Je le croyais. Mais ensuite tu m'as embrassé.

— Et ça a fait de moi une putain ?

— Non. Tu m'as dit que tu m'aimais, et je pensais que quelqu'un qui m'aimait…

Vincenzo s'interrompit et secoua la tête, ébranlé par un chagrin qui remontait de ses profondeurs intimes.

— Je ne pouvais pas le croire, reprit-il. Il m'était bien plus facile d'imaginer que tu m'utilisais depuis le début.

— Je ne me suis jamais servi de toi, affirma-t-elle, les larmes aux yeux.

— Eloïse…

Elle ignora son intervention et continua son plaidoyer :

— Après tout ça, je voulais juste repartir de zéro. Je n'ai jamais souhaité revenir ici. Je n'ai jamais voulu de tout ça. Je pensais… je voulais juste le laisser derrière moi.

— Tu es venue avec moi, pourtant.

— Je pensais que j'allais bien, expliqua-t-elle, les yeux brillants. Je pensais que ma thérapie avait réglé le problème, mais… je suis en colère. Très en colère. Ma mère m'a fait détester mon corps, ton père m'a fait en avoir peur.

Vincenzo sentit une émotion nouvelle s'épanouir dans tout son être. Il comprit que c'était de l'empathie. Et que c'était la première fois qu'il en ressentait pour quelqu'un.

En même temps l'habitait une sorte de fureur noire et aveuglante envers son père, différente de la rage qu'il portait en lui depuis si longtemps.

De retour dans son penthouse avec Eloïse, Vincenzo prit quelques instants pour admirer la silhouette de la jeune femme, qui se détachait en contre-jour sur les baies vitrées éclairées par les lumières de la ville.

— Tu es en état de continuer ? demanda-t-il.

— Oui, rien n'a changé pour moi, je connaissais déjà l'histoire entre ton père et moi.

— Il n'a jamais…, commença-t-il, avant de laisser sa phrase en suspens.

— Non. Mais je pense qu'il aurait pu.

— Tu es très courageuse, Eloïse.

Cela lui fit tout drôle de prononcer ces paroles : Vincenzo n'avait pas l'habitude de faire des compliments. Eloïse se retourna et regarda par-dessus son épaule, souriante. Ses cheveux blonds tombaient en cascade dans son dos en vagues dorées. Il avait envie de les toucher, de poser les mains sur le corps de la jeune femme, mais après ce qu'il avait appris ce soir, il se dit que ce serait sans doute déplacé.

— Merci, répondit-elle. Je ne me sens parfois pas très courageuse. J'ai choisi de me cacher, et il y a des moments où je remets cela en question. Mais je suis heureuse. Je suis épanouie. C'est le plus important, dans la vie, non ?

— Je ne suis ni heureux ni satisfait, avoua Vincenzo. Donc je suppose que nous pouvons débattre pour savoir si c'est le plus important.

Elle le dévisagea avec une bienveillance qui lui fit chaud au cœur.

— Je te voulais, Vincenzo, sache-le. Ce n'était pas de la manipulation ou l'effet d'une trop grande solitude. Je sais que j'étais trop jeune. Mais ce que je ressentais pour toi était authentique.

Puis elle gagna sa chambre, le laissant seul et médusé au milieu du grand salon.

6.

Voilà, tu l'as fait…

Cela avait été la dernière pensée d'Eloïse en s'endormant et ce fut la première qui lui vint en se réveillant. Oui, elle l'avait fait, elle avait affronté le roi et dit la vérité.

À l'époque, elle n'avait été aucunement responsable de l'attitude du roi, qui avait découlé du genre d'homme qu'il était, pas de la femme qu'elle était. Rien à voir avec ce qui émanait d'elle, rien à voir avec la forme de son corps, il n'y avait en elle aucune malice ni aucune séduction.

Néanmoins, elle ressentait encore de la honte en repensant à cette période, et elle en avait ressenti la veille au soir quand le roi l'avait regardée. Elle savait que c'était inapproprié et elle s'en voulait, mais que pouvait-elle y faire ?

C'était étrange d'être de retour à Arista, d'être confrontée à ces traumas qu'elle était convaincue d'avoir soignés. Elle l'avait fait, d'une certaine manière, puisqu'elle n'en était pas réduite à pleurer ou à crier, qu'elle ne s'effondrait pas, mais se tenait fièrement debout. Elle espérait rester aussi solide le soir même, à l'occasion du grand bal qui célébrerait la cinq centième année de règne de la famille royale Moretti.

L'occasion choisie par Vincenzo pour mettre son plan à exécution et tout détruire.

Elle savait qu'annoncer qu'il allait briser la lignée en ce jour anniversaire serait un acte presque poétique pour lui, en plus d'être symbolique. D'ailleurs, il voyait dans la justice un côté poétique qui échappait totalement à Eloïse. Jeter la vérité à la face du roi devant Vincenzo et sa mère avait seulement apaisé une part sombre et torturée de son cœur – qu'elle pensait pourtant avoir soignée depuis longtemps.

Quand la nouvelle de sa supposée relation avec le roi s'était répandue, elle avait été dévastée. D'autant plus que cela lui avait fait perdre le seul allié qu'elle pensait avoir au palais : Vincenzo. En fin de compte, c'était peut-être Vincenzo qui l'avait blessée le plus. Parce qu'elle avait cru en lui, en leur amitié, alors qu'elle n'avait jamais rien attendu de sa mère ni du roi.

Peu désireuse de ressasser ces pensées, Eloïse décida de sortir se promener dans la vieille ville. Sur une petite place, elle trouva un marché de producteurs. Elle flâna entre les stands de produits locaux, au milieu d'une joyeuse agitation matinale. Elle acheta des fleurs. Beaucoup de fleurs. Puis elle remonta dans le penthouse de Vincenzo, qui avait scanné sa main afin qu'elle puisse déverrouiller son ascenseur personnel grâce à ses empreintes digitales. En s'efforçant de ne pas faire de bruit pour ne pas réveiller son hôte, elle plaça les fleurs dans des vases sur toutes les surfaces disponibles de l'appartement.

Elle venait de terminer sa tâche quand Vincenzo apparut. Il était torse nu. De la sueur coulait sur son visage et ses muscles superbement dessinés.

— Oh ! Je pensais que tu dormais encore.

— Je suis sorti pour courir. Qu'est-ce que c'est ? demanda-t-il en désignant les vases.

— J'ai pensé que des fleurs égaieraient l'endroit. Tu sais que j'adore les fleurs.

— Il n'y en a jamais eu, ici.

— Et il n'y a pas de couleurs non plus. C'est beaucoup plus joli, tu ne trouves pas ?

Il secoua la tête.

— Pas vraiment…

— Ne fais pas ta brute, Vincenzo ! dit-elle en riant.

Il prit une grande inspiration et croisa les bras.

— J'ai pensé à mon père, dit Vincenzo. C'est vraiment un salaud !

— Pas d'objection de ma part.

— Si tu ne souhaites pas participer à cette…

Il n'acheva pas sa phrase. Son expression était sombre.

— Tu me demandes ce que je veux ?

— Oui.

Son cœur fondit dans sa poitrine. Vincenzo lui laissait la possibilité de partir. Tout de suite. Il pouvait accomplir sa vengeance sans elle.

— Tu me crois, à présent ? demanda-t-elle.

— Oui, affirma-t-il d'une voix tendue. Je suis… désolé.

— As-tu déjà dit à quelqu'un que tu étais désolé ?

Il détourna le regard.

— Je n'avais jamais été désolé. Je le suis, maintenant.

Cette fois, Eloïse crut que son cœur allait exploser.

— J'accepte tes excuses.

— Désires-tu partir ?

— Non. Je ne suis pas certaine que tout cela me réjouisse ou me rende heureuse, mais je pense que ce doit être accompli. Et qu'il faut que j'en sois témoin.

— Est-ce que… quelque chose t'inquiète par rapport au bal de ce soir ?

Eloïse fut touchée par tant de prévenance. C'était inattendu de la part de Vincenzo. Elle faillit évoquer la robe dorée, qu'elle devait porter pour l'occasion. Elle s'était sentie mal à l'aise quand il lui avait demandé de l'enfiler, dans son jet privé. Mais maintenant… Elle ne voulait pas se laisser gagner par la peur d'être ridicule dans cette robe, ou la honte de ne pas avoir la silhouette dont sa mère rêvait pour elle. Si Vincenzo la trouvait belle ainsi, alors elle voulait lui donner satisfaction. Être belle pour lui. Peut-être qu'il ne s'agissait que de la réminiscence d'un fantasme de jeune fille, d'un amour romantique de jeunesse, quand elle était encore innocente. Avant que tout cela ne soit souillé, définitivement perdu.

— La chose qui m'inquiète le plus est de devoir danser, dit finalement Eloïse.

— En effet, nous devons danser.

— Je m'en doutais. Mais nous faisons une déclaration, n'est-ce pas ?

Elle arqua un sourcil dans ce qu'elle espérait être une imitation de l'expression arrogante qu'il arborait souvent et tâcha d'imiter son ton :

— Nous allons faire le spectacle.

— Tu te moques de moi ? s'étonna-t-il. Personne n'ose se moquer de moi !

— Moi, j'ose. Sans problème. Je suis désolée si cela contrevient à ta dignité princière.

— Je suis heureux de voir que tu n'es pas aussi timide qu'hier soir.

— Je n'ai pas été si timide que cela, en fin de soirée.

— Non, concéda-t-il en souriant.

Son sourire la fit fondre.

— On s'entraîne à danser ? proposa-t-elle.

— Non.

— S'il te plaît.

— Tu veux vraiment danser maintenant ?

Il fit un geste vers son torse nu, et Eloïse ne put s'empêcher d'admirer son corps luisant et bronzé, avec juste ce qu'il fallait de poils foncés parsemés sur ses pectoraux, et une fine ligne sombre qui courait au milieu de ses abdominaux. Elle avait envie de le toucher. Cette attirance était bien différente de celle qu'elle avait ressentie à dix-huit ans. À cette époque, elle imaginait des choses floues. Des baisers et de doux frôlements, et Vincenzo l'allongeant sur le matelas moelleux. Ici, elle pouvait facilement imaginer sa peau chaude, couverte de sueur. Elle savait que sa bouche serait ferme, et que sa barbe du matin lui gratterait le visage. Elle pouvait l'imaginer mettant sa main entre ses jambes et…

Elle se mordit la lèvre inférieure. Ses fantasmes avaient évolué, même si son expérience en était restée au même stade. Mais elle pouvait se représenter, intensément, ce qu'elle attendait de Vincenzo. Elle voulait respirer cette testostérone, passer les mains sur son corps, l'embrasser, le lécher, même couvert de transpiration.

Peut-être même *surtout* couvert de transpiration…

Son désir était profond, viscéral. Et elle n'en avait pas honte. Elle était une femme, il était un homme, un homme attirant, et elle le voulait.

Elle restait maîtresse de son corps ; il lui appartenait. Mais Vincenzo pouvait l'emprunter. Il pouvait l'utiliser. Elle apprécierait grandement qu'il le fasse.

— Oui, je veux danser, répondit-elle, la bouche sèche.

Vincenzo fit deux pas vers elle. Ses prunelles sombres flamboyaient, et elle comprit alors qu'il était persuadé de la faire renoncer en la mettant au pied du mur. Alors, elle fit un pas vers lui et lui tendit la main.

— Dansons, murmura-t-elle, provocante.

Il l'attira contre son corps dur d'athlète, aussi brûlant qu'elle l'avait imaginé. Elle posa une main sur son épaule nue. Elle pouvait sentir ses muscles jouer sous le bout de ses doigts.

— Je ne t'ai jamais caché que je te trouve belle.

— C'est seulement notre lien qui t'empêche de me trouver… comment as-tu dit, déjà ? Appétissante ?

Elle était plus audacieuse, plus effrontée qu'elle n'avait jamais eu l'intention de l'être. Cette audace l'étourdissait. Mais elle n'avait pas honte, elle n'était pas inquiète.

— Oui, admit Vincenzo, je crois que j'ai dit ça.

Eloïse était perdue. Elle se demandait s'il la considérait

comme une victime maintenant, ou comme quelque chose d'approchant. Cela voulait-il dire qu'il ne la trouvait plus appétissante, ou qu'il la trouvait d'autant plus appétissante qu'il la savait désormais innocente ?

Elle supposait que la seule façon de le savoir serait de passer à l'acte, de se jeter à l'eau. Mais son instinct l'en empêcha au dernier moment, et la conduisit à se concentrer sur les sensations provoquées par le fait d'être dans ses bras, de suivre le rythme régulier de la danse – même s'il n'y avait pas de musique.

Et l'absurdité de la situation l'aurait fait rire si elle n'avait pas eu la gorge aussi serrée, le souffle aussi court.

— Tu es un très bon danseur, bredouilla-t-elle, les yeux rivés sur son torse.

— Les hasards de mon éducation.

— Je n'ai jamais appris à danser, déplora Eloïse.

— Tu te débrouilles à merveille, pourtant.

— J'avais l'habitude de regarder en cachette depuis le balcon de la salle de bal, quand il y avait des fêtes au palais.

— Ta mère assistait aux bals, pourtant.

— Oui. Elle aimait être au centre des regards. Pas moi, mais ton père et elle ont dû penser que j'attirerais quand même l'attention, un genre d'attention qu'ils ne voulaient pas, et dont ils avaient sans doute peur.

— Je n'ai jamais été capable de comprendre quel genre de sadique est mon père. La façon dont il a blessé ma mère, la façon dont il a traité la tienne…

— Ma mère n'a rien contre la douleur, qu'elle l'inflige ou qu'elle la subisse. Elle aime avant tout le drame.

— C'est possible, mais je ne peux pas absoudre mon père. Encore moins depuis que je sais ce qu'il t'a fait.

— Ma mère le savait. Elle est toujours de son côté. Ton père n'est pas un homme bon, il n'y a aucun doute là-dessus, mais ma mère n'est pas une victime.

— Il est possible d'être les deux. Le prédateur et la proie.

Eloïse fronça les sourcils. Elle voulait seulement se concentrer sur Vincenzo. Sur son corps, sur sa beauté, sur la chaleur de son corps. Sur ce que ce moment troublant charriait de fantasmes, et non sur la réalité de leurs vies. Une chose était sûre : tous deux avaient souffert des petits jeux cruels de leurs parents.

— Ce sera fascinant, d'être dans la salle de bal ce soir, mais pas au balcon.

— Oui. Fin des secrets.

Une vague de reconnaissance la submergea.

— Je ne peux pas dire que je comprenne vraiment mes propres motivations, avoua Eloïse. J'ai vécu une vie tranquille, ces dernières années, certaine de ne jamais revenir à Arista et persuadée que je… que je ne te reverrais jamais. Et j'en étais heureuse. Pourtant, je suis là, en train de danser avec toi, prête à participer à ces représailles.

— Peut-être es-tu aussi remplie de haine que moi, hasarda Vincenzo.

— Non. J'ai travaillé très dur et je…

— Ah ! ta thérapie, railla-t-il, avec un regard narquois qui perturba Eloïse. Tu penses que tu es plus clairvoyante que moi, n'est-ce pas ?

— En tout cas, je devrais l'être, admit-elle.

— La réalité est souvent difficile à appréhender. Ce que nous devrions aimer n'est pas toujours ce que nous aimons. Tout ce que nous avons traversé n'en est-il pas la preuve ?

— C'est peut-être pour ça que je préfère l'imaginaire, rêver et créer dans des jardins, entourée de plantes et de fleurs, avec une vie tranquille et une petite maison en pierre.

— Je peux voir le côté attrayant d'un tel choix de vie, affirma Vincenzo, au grand étonnement d'Eloïse.

— Ah bon ?

— Pour un moment. Comme sentir le parfum des roses dans la brise. Ça vous attrape le temps d'un souffle. Et puis ça s'en va, et on se demande si c'était vraiment là.

Je le ressens de cette façon. L'impression d'une vie vécue tranquillement. D'une vie vécue uniquement pour soi.

— Je n'y avais jamais pensé en ces termes.

Toutefois, Eloïse devait bien s'avouer que Vincenzo n'avait pas tout à fait tort. Elle n'avait plus aucune responsabilité envers personne, ne se souciait plus du monde extérieur. Elle s'était enfoncée profondément dans sa propre réalité. Seulement elle. Seulement ses fleurs. Seulement les choses qui la rendaient heureuse. Elle n'était donc pas préparée à un retour de Vincenzo dans sa vie, encore moins à un retour à Arista. Ses émotions étaient encore gelées quand il avait débarqué chez elle. Ou peut-être que « non préparée » n'était pas l'expression la plus juste. Elle s'était seulement, béatement et intentionnellement, déconnectée de ce passé.

Maintenant, elle était là. Et elle ressentait de la colère pour la fille qu'elle avait été, et du désir pour l'homme que Vincenzo était devenu. Il était comme la récompense qu'elle avait espérée pendant ces longues années, une récompense qu'elle méritait après avoir vécu une vie si loin de tout – et avoir été privée de tant de choses quand elle était petite.

Alors, sans réfléchir, Eloïse retira la main de l'épaule de son cavalier et la fit glisser le long de son torse. Elle la posa ensuite à l'endroit où le cœur de Vincenzo battait la chamade. Le sien lui faisait écho à ce rythme infernal. Elle leva les yeux vers lui.

— Vincenzo…, susurra-t-elle.

— Ça suffit, dit-il en s'écartant d'elle. Ce soir, je dis tout à mon père, quoi qu'il arrive. Peu importe comment il essaie de réparer les dégâts, cela ne servira à rien. Je suis son héritier, et je refuse de perpétuer la lignée. Il devra affronter cette réalité.

Eloïse perçut leur séparation physique comme un coup de poignard.

— J'admire ta rage, dit-elle. Elle est saine, lumineuse et, ce que j'admire par-dessus tout, honnête.

— Toi aussi, tu sembles très honnête, Eloïse.

— J'essaie de l'être. Avec les autres et avec moi-même. Mais je pensais que je n'étais plus en colère. Je pensais que j'avais digéré cette histoire. Or on dirait bien que je me suis trompée. Qu'est-ce que cela signifie ?

Il leva une main qui plana au-dessus de la joue d'Eloïse, comme s'il souhaitait la toucher – pour la réconforter ? – mais n'osait pas.

— Cela signifie que tu es humaine, dit-il en baissant la main.

Eloïse tâcha d'ignorer sa déception.

— C'est ce que tu es aussi ? Humain ?

— Je ne peux pas me permettre d'être humain. Je dois être l'équipe de nettoyage. Je dois réparer tout ce que mon père a sali. Et je ne peux pas me permettre d'être distrait.

Vincenzo tourna brusquement les talons et quitta la pièce à grands pas, la laissant plantée là. Son cœur brûlait avec une ardeur inconnue. Elle avait l'impression d'être à un tournant de son existence. L'appel de la Virginie était fort, mais elle était ici, à Arista, où elle sentait que quelque chose allait se briser.

Et elle craignait que ce soit elle.

7.

Vincenzo attendait qu'Eloïse termine de se préparer pour le bal. Dans sa tête, il revivait leur danse, le matin même. Il avait dû l'interrompre brusquement tant le contact de ses doigts délicats contre sa peau était presque insupportable. Il refusait d'être autant attiré par elle.

Ce qu'il lui avait dit quand elle avait dix-huit ans était tout aussi vrai aujourd'hui : ils étaient liés dans cette farce sadique d'une manière qu'elle n'avait pas choisie.

Il restait un mâle, avec des désirs et des pulsions. Mais il était aussi un homme qui protégeait les plus faibles et s'interdisait d'utiliser son pouvoir contre les autres. Eloïse avait choisi d'être ici, mais il devait se demander dans quelle mesure les péchés du passé avaient dicté sa venue.

Son père l'avait blessée de façon impardonnable, il en avait désormais conscience. Et honte. Parce que lui-même l'avait transformée en méchante, aveuglé par l'amertume et la rancune, au lieu de chercher à démêler le vrai du faux.

Sa culpabilité augmenta lorsque Eloïse sortit de sa chambre, en même temps qu'une violente poussée de désir embrasait tous ses sens. Dans cette robe dorée au décolleté généreux, elle ressemblait à une déesse, une déesse vengeresse au sex-appeal puissant. Elle était éblouissante. Et il la désirait avec une vigueur et une intensité qu'il n'avait jamais ressenties auparavant.

Mais ce n'était pas Eloïse qui était indigne de lui, c'était lui qui n'était pas digne d'elle.

Il ne pouvait pas lui offrir la vie saine et paisible à laquelle elle aspirait. Parce qu'il avait une mission à mener à bien. Parce qu'il devait sauver Arista. Parce qu'il devait s'assurer que l'héritage de son père ne serait pas immortalisé en termes élogieux et en chansons, mais qu'on se souviendrait de lui comme du méchant de l'histoire, une crapule immorale et despotique.

Tel était son devoir.

Si tout était faussé et tordu en lui, c'était à cause de cette fatalité. Il ne pouvait pas être un autre homme, et il ne chercherait pas à essayer. Il ne se détournerait pas de ses obligations et de ses responsabilités.

Mais, qu'il la mérite ou non, il ne voulait pas non plus se détourner de la beauté qui s'offrait à lui.

Alors il lui tendit la main. Elle la saisit, avec un soupçon d'hésitation dans le regard. Et il aurait voulu bannir cette hésitation, affirmer à Eloïse qu'il la défendrait, qu'il tuerait tous les dragons. Parce qu'avec du recul, et maintenant qu'il avait toutes les pièces du puzzle, il voyait les choses différemment – surtout s'il laissait son cynisme naturel de côté.

Peut-être qu'elle l'avait aimé.

Peut-être que quand elle était venue dans sa chambre, quand elle l'avait embrassé, c'était avec plus de sincérité et de cœur qu'il n'en avait jamais eu. Un cadeau qu'il n'avait pas su recevoir…

Il fut pris d'un vertige, l'esprit en ébullition.

S'il suivait ce raisonnement, Eloïse était partie et s'était cachée à cause de sa trahison. Elle s'était protégée *de lui*. C'était lui et lui seul qui lui avait fait du tort, et non son père ou Cressida.

Il ne comprenait rien à l'amour, mais il savait ce qu'était la loyauté. L'honneur. Or il n'avait pas agi avec loyauté. Eloïse avait été son amie, une amie fidèle, une belle âme.

Et qu'avait-il fait ? Il l'avait accusée de se prostituer et l'avait payée pour qu'elle quitte le royaume.

Elle était partie et s'était bâti une vie tranquille. Et elle avait raison : c'était lui qui était venu la chercher. Donc s'il se débarrassait de tous ses préjugés, des opinions infondées et des a priori injustes qu'il avait sur elle, il se retrouvait comme un idiot devant une femme incroyable. Une femme forte alors que ceux qui auraient dû la protéger ne l'avaient pas fait. Une femme intègre, honnête et loyale. Une femme qui s'était épanouie malgré le manque d'attentions et d'égards. Une fleur sauvage laissée à elle-même dans un jardin, qui s'était battue pour résister sans se faire étouffer par les mauvaises herbes.

Eloïse St. George était ce jardin sauvage dans la maison en Virginie, qu'il avait cru mal entretenu et qui ne l'était pas, qui avait prospéré dans la nature. Elle s'était occupée de sa guérison tandis que lui était resté focalisé sur sa vengeance. Et c'était peut-être elle qui avait fait le choix le plus fort, le plus puissant.

Bon sang ! Il n'avait jamais vu les choses sous cet angle !

Le palais scintillait dans la nuit, brillamment éclairé. Les jardins et les cours intérieures étaient décorés avec faste, et de nombreux invités s'y pressaient par grappes.

Ce n'était pas le genre de fêtes libertines que son père organisait en secret. Celle-ci était une démonstration de la richesse et de la supposée générosité de la famille royale, un cadeau fait aux privilégiés d'Arista pour s'assurer de leurs bonnes grâces. En apparence, c'était un événement joyeux et festif, mais Vincenzo n'y voyait que gaspillage et népotisme.

Son père couchait souvent avec les femmes de ses amis. Chez ces gens, les liens du mariage n'avaient aucune nature sacrée et ils voyaient les relations humaines comme des relations d'affaires – tout pouvait se vendre, s'échanger, se déprécier en un claquement de doigts. Pour comprendre cela, il fallait creuser sous la surface étincelante. Or aucun des invités ne le ferait, trop heureux de profiter de l'opulence qui les entourait, trop avide de se rapprocher du premier cercle du roi.

Lorsque Eloïse et lui pénétrèrent dans la salle de bal, le brouhaha ambiant diminua peu à peu jusqu'à devenir un silence seulement criblé de murmures et de chuchotements. Vincenzo comprit que ses déclarations de la veille avaient porté leurs fruits. Certains médias les avaient relayées, des convives du dîner avaient colporté des rumeurs, et les deux trouble-fêtes étaient là, en chair et en os, au milieu d'eux ; ce qui étayait les on-dit.

Oui, songea Vincenzo, ils étaient là, ensemble, prêts à régler leurs comptes au nom de la vérité.

— Ils le savent, dit-il à l'oreille d'Eloïse. Et ils sont tous venus pour voir ce qui allait se passer.

— Il est étonnant que ton père ne t'ait pas retiré de la liste des invités, non ?

— Il n'avait pas le choix. Sinon, cela aurait fait grossir les rumeurs. À ce stade, le scandale est déjà hors de contrôle. Il va tenter de sauver ce qui peut l'être.

— Et tu vas l'en empêcher…

— Sans hésitation, confirma Vincenzo. Mais d'abord, dansons.

Il emmena Eloïse au milieu de la piste et pressa son corps pulpeux contre le sien. Pendant un instant, il oublia où ils étaient. Pendant un instant, il oublia pourquoi ils y étaient. Tous les regards étaient braqués sur eux. Il s'en moquait. Tout ce qui lui importait, c'était de tenir Eloïse dans ses bras, de sentir sa peau douce sous ses mains.

Elle était devenue le symbole de ses représailles. C'était d'ailleurs surtout elle qu'il voulait venger, plus encore que la défunte reine, sa propre mère. Il se rendait compte en le regardant que son visage angélique était devenu une force d'entraînement, presque son étendard. Il ignorait pourquoi, mais cette certitude était bien réelle.

Rien n'était plus important qu'elle. Elle était tout. Il la voulait plus que la vengeance. Il la voulait plus que son prochain souffle.

Son désir pour elle, comme un feu inextinguible dans ses veines, le faisait réfléchir tandis qu'il guidait sa cavalière sur la piste. Cela le faisait-il ressembler à son père ?

Vincenzo avait désiré des femmes, certes, mais il n'avait jamais été malade de désir pour une femme en particulier.

Mais elle…

Eloïse…

Il suivit du doigt la ligne de sa mâchoire. Elle frissonna à son contact. Il baissa la tête vers elle.

— Tu es belle, lui chuchota-t-il.

— Je me sens belle, avoua-t-elle en rosissant adorablement.

Cette réponse soulagea Vincenzo. Elle lui avait répété tant de fois qu'elle craignait de se sentir idiote ! Et elle n'imaginait pas qu'il puisse trouver son corps désirable, il en était persuadé. Lui, il n'en voyait que la beauté, mais il ignorait l'image qu'elle avait d'elle-même. Cela lui importait, qu'elle se trouve belle ; cela l'intéressait de savoir comment elle se voyait. Et ce sentiment était nouveau pour lui. Jamais il ne s'était soucié d'une autre personne de cette façon. Jusqu'à aujourd'hui, il ne s'était soucié que de la justice. À présent, les sentiments d'Eloïse lui importaient.

Ce n'était pas anodin. C'était même douloureux.

Il jeta un coup d'œil par-dessus l'épaule de sa partenaire et constata que son père les observait.

Même le roi les regardait… *Bien*, songea-t-il. *J'espère qu'il anticipe ce qui va suivre.*

Le regard de son père le fit se recentrer sur sa vengeance. Il se pencha pour goûter les lèvres d'Eloïse. Il sentit qu'elle retenait son souffle au moment où leurs bouches se touchaient.

Le baiser était d'une douceur inouïe. Un pétale de rose dans le vent. Un parfum puissant et entêtant qui enivre un instant avant de disparaître. Un éphémère moment de clarté absolue. Un monde de possibles qui se dévoile puis se dérobe au regard.

Oui, soudain, ses lèvres scellées à celles d'Eloïse, tout semblait possible. Et quand elles se séparèrent, c'était fini. Tout ce qui restait était ce qu'il avait encore à accomplir.

— Il est temps, dit-il à Eloïse.

Il s'éloigna d'elle et se dirigea vers son père.

Vincenzo se planta devant le roi.

— Félicitations ! lança-t-il, cynique. Quel bonheur de fêter ici la longue histoire de la famille Moretti !

— Et tu fais partie de cette prestigieuse lignée, c'est pourquoi je ne pouvais pas t'empêcher de participer aux festivités.

Il sentit que sa bouche se courbait en un sourire cruel.

— C'est une tragédie pour vous, mais je suis persuadé que ce que j'ai à dire sur la famille Moretti intéressera tous les invités.

Il se retourna et, d'un bond, sauta sur l'estrade. L'orchestre cessa aussitôt de jouer. Vincenzo attendit quelques secondes que l'attention se focalise sur lui avant de lancer d'une voix forte :

— Le sang des Moretti est empoisonné. Personne ne le sait mieux qu'Eloïse St. George et moi-même. Nous nous sommes unis dans cette croyance commune. Cette lignée doit s'éteindre. Mais avant, elle doit être montrée pour ce qu'elle est.

Il pointa son père du doigt avant de reprendre :

— Vous, qui paradez ici dans le faste et l'opulence pendant que votre peuple meurt de faim, vous osez faire pleuvoir sur lui vos jugements moraux alors que vous

vous livrez à la débauche, alors que vous avez gardé une maîtresse pendant plus de vingt ans sous le même toit que votre femme, la faisant passer pour une assistante tout en utilisant les fonds de l'État pour soutenir son train de vie. Vous avez aussi tenté de manipuler sa fille pour qu'elle ait une liaison avec vous, et vous avez laissé les médias la crucifier lorsqu'elle a refusé. Vous avez utilisé votre pouvoir et votre position pour dominer les femmes qui vous entourent. Vous êtes un homme sans honneur. Vous êtes un homme sans dignité. Vous n'êtes même pas un homme. Et je vais prendre le trône et je vais détruire votre précieuse lignée. Tout comme sera détruite votre réputation une fois que les vérités que je détiens sur vos turpitudes seront diffusées dans les médias.

— Quoi que tu fasses, cracha son père, écarlate de fureur contenue, ça ne marchera pas. Le pays a besoin de moi. Le pays a besoin de la monarchie.

— Le pays n'a besoin de rien de tel. J'ai construit sous votre nez l'infrastructure nécessaire pour que tout continue quand vous ne serez plus aux commandes.

Il vibrait de colère, mais c'était une colère juste. Qui le faisait se sentir vivant.

— J'ai irrigué Arista avec mon argent pendant des années, sous couvert d'être un bienfaiteur anonyme. J'ai fait en sorte que le pays reçoive des aides étrangères, que vous devriez avoir honte d'accepter étant donné la fortune que vous avez amassée. Mais vous êtes sans vergogne. Parce que vous êtes avide et corrompu. Et quand je monterai sur le trône, je démantèlerai votre système. Et la monarchie. Je n'aurai jamais d'héritier. Le gouvernement sera remis au peuple. Me faire assassiner n'empêchera rien et ne fera qu'accélérer l'extinction de notre nom.

Vincenzo descendit de l'estrade et se campa à nouveau face à son père, les yeux dans les yeux. Autour d'eux, le silence s'était fait depuis qu'il avait pris la parole. De toute façon, en cet instant, le monde autour n'existait plus. Il n'y avait plus que son père et lui.

— Et tu crois que tu peux me destituer à cause de deux ou trois supposées infidélités ? Tout le monde s'en fiche ! ricana son père.

— Peut-être. Mais le reste, vous croyez qu'ils s'en fichent ? Des années durant, j'ai enquêté, amassé des preuves de vos forfaits. J'ai tout maintenant. Tout est en ordre. L'un de vos comptables, que j'ai réussi à retourner, m'a apporté les derniers éléments qui me manquaient pour comprendre la façon dont vous siphonnez l'argent du peuple. Certains fermeront les yeux sur vos exploits sexuels, sans doute, mais combien les rouvriront pour voir comment vous avez ruiné Arista ?

Son père semblait vraiment effrayé, maintenant, et Vincenzo s'en délectait. Il ne voyait plus un monstre en face de lui, mais un vieil homme anéanti. Un homme qui n'était qu'un homme.

— Vous n'êtes rien d'autre qu'un vieux fou qui laisse un héritage de douleur. Mais le peuple d'Arista saura surmonter cela. Et quand vous serez parti, on vous oubliera. Vous n'aurez aucune postérité.

— Tu n'oseras pas faire cela. Ce n'est pas dans ton intérêt.

— Je ne me soucie pas du pouvoir, affirma Vincenzo. Cela n'a aucune importance pour moi.

— Tu penses que tu es meilleur que moi, commença le roi, qui reprenait du poil de la bête, alors que tu parades avec la même sorte de putain à qui j'accorde mes faveurs. Elle aurait réchauffé mon lit, autrefois, si elle était restée plus longtemps. Elles finissent toutes par le faire.

La foule frissonna, comme si chacun retenait son souffle dans l'attente de ce qui allait se produire. Vincenzo s'apprêtait à répondre quand une voix ferme couvrit les murmures stupéfaits ou affolés :

— C'est un mensonge !

Eloïse !

— Je n'aurais jamais approché votre lit, poursuivit-elle. Je vous ai rejeté. Quand vous avez voulu me séduire, alors que je n'avais que dix-huit ans, je vous ai repoussé.

Le visage du roi se déforma alors en un rictus hideux et haineux. Vincenzo se dit que tous les invités le voyaient démasqué, à présent.

— Tu peux dire ce que tu veux, mais les médias avaient repris l'information. Et les gens auront toujours un doute.

— Je me moque de ce que pensent les gens : j'ai ma conscience pour moi. Et je me fiche bien de ma réputation. J'ai seulement faim de liberté. Vous n'êtes rien d'autre qu'un vieil homme triste et amer. Si vous n'aviez pas le pouvoir et l'argent, aucune femme ne vous toucherait. C'est une des différences entre vous et votre fils.

Hébété, Vincenzo eut l'impression qu'on lui avait tiré dessus. Eloïse prenait sa défense, après tout ce qu'il avait fait…

— Il n'est pas avide de richesse et de puissance parce qu'il n'en a pas besoin, continua-t-elle, comme un ange vertueux et vengeur dont la vérité illuminait la pièce. Vous, vous en avez besoin. Vous avez besoin d'avoir du pouvoir sur les gens pour les manipuler, sur les femmes pour coucher avec elles. Vous faites régner la terreur, dans les sphères publique et privée. Vous m'auriez forcée à rejoindre votre lit, nous le savons tous les deux. Même si les rumeurs divulguées à la presse étaient fausses, elles m'ont sauvée. Parce qu'elles ont poussé Vincenzo à me donner l'argent pour partir. Et je lui en suis reconnaissante chaque jour. S'il ne m'avait pas incitée à quitter Arista, vous auriez fait de moi un autre de vos petits secrets dégoûtants. Et je sais ce que c'est de vivre sa vie comme un secret : me cacher était la solution de facilité, car cela me permettait de construire ma propre existence. Mais je ne me laisserai pas intimider. Je n'ai pas peur de vous. D'ailleurs, personne ne devrait avoir peur de vous. Tout le monde devrait savoir quel genre de pervers vous êtes.

— Sale garce ! tu vas…

— Assez ! intervint Vincenzo, les poings serrés. Eloïse est une femme pleine de bravoure et d'intégrité ; le genre de personne qui rend le monde meilleur. Vous ne comprendrez jamais cela, *Père*, ajouta-t-il avec mépris. Vous n'êtes qu'un lâche. Votre royaume entier est construit sur la perfidie et les mensonges. Et ce soir, c'est terminé.

— Tu es mort pour moi, éructa son père.

— J'aimerais pouvoir dire que vous êtes mort pour moi, vous aussi, répliqua Vincenzo avec calme et froideur, mais je dois d'abord vous terrasser. En revanche, vous êtes un idiot. Comment avez-vous pu croire que j'étais simplement distant et frivole ? Vous êtes un grand manipulateur, mais il ne vous est jamais venu à l'esprit que votre propre fils pouvait conspirer votre perte. Là, sous votre nez, à Arista !

— Tu ne peux pas faire ça…

— Oh ! que si ! Toutes les informations que j'ai compilées sur vous seront envoyées automatiquement aux médias ce soir même. Sans parler des comptes rendus de ce bal qui ne manqueront pas de fleurir dans la presse… Je ne peux pas imaginer que tous vos invités resteront bouche cousue. Beaucoup d'entre eux vont se précipiter pour soulager leur conscience. Ou pour se refaire une virginité. Plus grand monde ne voudra être associé à vous de quelque façon que ce soit. Ils vous fuiront tous comme les rats d'un bateau qui coule. Même votre maîtresse favorite, à mon avis…

— Vous ne pouvez pas…

— J'ai fait ma part du travail, le coupa Vincenzo. Le reste se déroulera tout seul. C'est fini maintenant. Vous ne méritez pas que vos actes soient passés sous silence.

Il se tourna vers les invités. Certains eurent un mouvement instinctif de recul.

— Et personne ici ne mérite de protection, ajouta

Vincenzo. Si j'étais vous, je m'en souviendrais quand vous rentrerez chez vous. Vous devez choisir un camp. Je vous conseille de choisir celui qui se dresse contre le tyran.

Il assista alors à la scène dont il avait rêvé : de nombreux dignitaires et personnalités publiques s'esquivaient en direction de la sortie, créant des remous dans la foule.

Vincenzo se tourna vers Eloïse. Elle semblait avoir du mal à respirer, mais demeurait calme, sublime. Elle ne serait pas brisée par ce qui venait de se passer. Parce qu'elle n'était pas la fragile créature qu'il avait pensé qu'elle était lorsqu'elle l'avait embrassé, des années auparavant. Elle n'était pas non plus la grande manipulatrice qu'il avait imaginée. Elle était forte. Et elle était brillante.

Il essaya de penser à ce qu'il pouvait lui donner en retour.

Deviens son amant, lui chuchota une petite voix intérieure.

Non. C'était impossible. Elle ne pouvait pas être sa maîtresse, car il ne voulait pas ternir son honneur. Et il ne voulait pas se marier.

Mais elle pourrait être à toi pour la nuit…

Il lui donnerait tout ce qu'ils auraient pu avoir à l'époque. Maintenant que son triomphe était achevé, le désir courait dans ses veines comme de la lave en fusion. Il avait besoin d'elle ; plus que de respirer.

Une expiation.

Une rédemption.

Il lui prit la main et l'escorta hors de la salle de bal. La foule s'ouvrit sur leur passage.

Quand ils furent dehors, et à sa grande surprise, Eloïse jeta ses bras autour de son cou et l'embrassa.

8.

Eloïse ne s'expliquait pas ce qui lui arrivait, le sentiment qui pétillait dans ses veines. Elle se sentait prête, prête pour quelque chose de grand, pour quelque chose qui change, prête à sortir de sa propre peau.

Elle avait besoin de Vincenzo. Comme elle l'avait déjà ressenti à dix-huit ans, mais cette fois, ce besoin la brûlait plus fort, plus intensément. Elle-même se sentait plus brûlante, plus intense.

Incandescente.

Elle était tellement en colère. À cause de la honte que le roi lui avait fait ressentir toutes ces années. De ce qui avait été écrit sur elle. Elle avait essayé de mettre tout cela de côté, de se réconcilier avec elle-même. Mais elle avait été blessée par ces mensonges. Elle avait été traitée de putain un nombre incalculable de fois par des hommes suffisants et moralisateurs qui brandissaient leur stylo comme une arme ou essayaient de vendre des clics sur leur site Internet.

Et elle ne s'était jamais abandonnée à la colère. Elle avait essayé de passer à autre chose, mais là, de retour dans le feu de l'action, et elle ne pouvait pas laisser tomber. Elle n'était ni placide ni guérie. En cet instant, elle n'avait aucune envie de travailler tranquillement dans son jardin, mais plutôt de saisir une épée et, comme une guerrière contrariée, de couper la tête à son accusateur.

Oui, elle se rendait compte qu'elle était furieuse ; qu'elle voulait se venger, obtenir réparation pour tout ce qu'elle avait enduré. Pour une vie passée à être ignorée, pour la jeune fille qu'elle avait été dans les couloirs de ce palais, pour la jeune femme qu'elle était devenue, qui était tombée amoureuse de Vincenzo et avait été cruellement rejetée. Pour celle qui avait été payée par la seule personne à laquelle elle tenait et qui n'avait pas cru en elle plus que les autres. Pour celle qui avait dû se forger son existence toute seule, qui n'avait jamais été capable de trouver le bonheur avec quelqu'un d'autre – et certainement jamais dans les bras d'un homme.

Elle avait l'impression d'être en enfer.

Et de brûler.

Elle avait essayé si fort de prendre de la hauteur. Or à présent, elle rôtissait au milieu des flammes. Et elle voulait brûler plus. Brûler jusqu'à ce que ce ne soit plus seulement de la colère. Brûler jusqu'à ce qu'elle ne soit plus seulement une victime. Elle voulait tout brûler.

Donc, sans réfléchir, elle avait embrassé Vincenzo.

Et c'était plus puissant et intense que tout ce qu'elle avait imaginé. Plus puissant et intense que tout.

Ils étaient enlacés devant le palais, mais cela pouvait tout aussi bien être un bâtiment en feu prêt à exploser à cause des barils de poudre qu'ils y avaient déposés. Et pourtant, ils s'embrassaient. C'était sans doute absurde, mais c'était peut-être aussi la seule chose à faire au cœur du chaos qu'ils avaient déclenché.

Absurdement, et peut-être de manière appropriée.

Vincenzo posa la main à l'arrière de sa tête et l'embrassa plus profondément. Quand leurs langues se touchèrent, Eloïse chancela.

Mon Dieu ! c'est tellement bon…

C'était lui. Ça avait toujours été lui. Et peut-être que ce soir, il s'agissait de reconquérir quelque chose, une partie d'elle-même qui n'avait jamais connu la plénitude ni la satisfaction.

— Rentrons, murmura-t-il contre sa bouche.

Alors elle comprit qu'il la voulait.

Tout le reste pouvait attendre. Les sentiments complexes qu'elle éprouvait à propos des événements de la soirée, ses préoccupations pour l'avenir : tout cela pouvait attendre. Parce que ce soir, elle se sentait belle, belle sans condition, sans avoir l'impression que le prix de sa beauté était sa dignité ou sa place dans le monde. Sa beauté semblait pouvoir exister sans prendre la forme que sa mère aurait voulu la forcer à avoir.

Elle était à la fois en contrôle et hors contrôle, et cette sensation était délicieuse. Et elle voulait la revendiquer, comme elle revendiquait un droit sur lui et sur elle-même. Vincenzo avait été une blessure au plus profond de son être. Elle avait compris pourquoi il l'avait repoussée, à l'époque – il avait été *raisonnable*. Cela n'avait pas empêché Eloïse d'en être mortifiée, parce qu'elle avait mis son âme à nu devant quelqu'un pour la première fois et avait été rejetée. Cet événement l'avait fragilisée, et elle avait vécu avec cette fêlure pendant des années. Jusqu'à maintenant. Et voilà qu'elle avait le sentiment de recoller ses morceaux intérieurs, de… renaître.

La fièvre et l'excitation causées par Vincenzo s'accompagnaient d'un espoir, qu'Eloïse cherchait de toutes ses forces à ignorer. Car Vincenzo avait été très clair : aucun avenir ensemble n'était envisageable. D'ailleurs, il lui était impossible pour elle de se lier à cette famille, n'est-ce pas ?… De se lier à Arista.

Ses yeux se remplirent de larmes. Elle ne voulait pas penser à ça. Alors elle se hissa sur la pointe des pieds et embrassa de nouveau Vincenzo, chassant ainsi toute pensée relative à l'avenir.

Dès qu'ils furent installés dans la limousine, Vincenzo l'attira sur ses genoux. Elle posa les cuisses de part et d'autre des siennes et l'embrassa, en se demandant fugitivement d'où lui venaient cette confiance en elle et cet abandon insouciant.

Eloïse ondula son bassin contre l'érection de Vincenzo. Aussitôt, elle s'enflamma. Elle était déjà prête à le recevoir… Son béguin d'enfance ne l'avait pas préparée au désir qu'elle ressentirait en tant que femme.

— Attendons d'être chez moi, marmonna-t-il. Sinon, j'ai bien peur de ne pouvoir m'empêcher de te déshabiller maintenant.

Cette perspective la fit frissonner de tout son corps. Elle ne s'y opposerait pas. Ils pourraient demander au chauffeur de faire le tour du pâté de maisons et il pourrait la prendre à l'arrière de la voiture. Cela leur éviterait de réfléchir. Elle pressentait que la pensée était l'ennemi de ce moment unique. Elle ne voulait pas de pensées. Elle voulait des sensations. Rien de plus que les sensations profondes et intenses qui vibraient entre eux. Le désir inépuisable que Vincenzo avait planté en elle. C'était magique. Et peu de choses dans sa vie étaient magiques.

Elle faillit rire en se souvenant soudain de l'époque où, petite fille, elle pensait qu'emménager au palais signifiait qu'elle était une princesse. Rien n'était plus terrible qu'un fantasme qui devenait cauchemar. Elle le savait, car elle l'avait vécu. Elle n'avait jamais été une princesse : elle avait été un fantôme. Un fantôme dans sa propre vie, un fantôme dans la vie de ceux qui l'entouraient, et elle s'était juré que cela n'arriverait plus jamais.

Elle se cambra légèrement en arrière et posa la main sur la grosse bosse qui déformait le pantalon de son prince. Elle défit le bouton et baissa la braguette. Puis, étonnée par son audace, elle empoigna la preuve chaude et dure que Vincenzo la désirait.

Il laissa échapper un soupir rauque qui encouragea Eloïse à poursuivre. Elle n'avait peut-être pas d'expérience pratique des hommes et du sexe, mais entre ses lectures, les films et les séries télévisées, elle s'était fait une idée sur le sujet ; et avait compris que les hommes aimaient les femmes audacieuses. De plus, elle se dit que faire confiance à son propre désir était certainement la meilleure stratégie. Elle se sentait dépositaire d'un don, d'une sorte de magie innée dont elle ignorait jusqu'ici l'existence.

Vincenzo se laissa aller en arrière, la respiration sifflante. Eloïse se laissa glisser au sol et s'agenouilla devant lui, le regard rivé sur sa puissante érection. Alors, elle se pencha en avant et le goûta du bout de la langue. Il frémit. Elle s'enhardit et le prit entre ses lèvres. Vincenzo posa les mains sur sa tête et la guida en douceur. Eloïse s'abandonna à la délicieuse sensation, et à la sensation grisante de pouvoir qui l'enivrait.

Peu importait qu'elle soit moins expérimentée. Peu importait qu'elle soit plus jeune. En cet instant, non seulement ils étaient égaux, mais c'était elle qui dirigeait les choses. Et le puissant Vincenzo Moretti, prince héritier d'Arista, était à sa merci.

C'était une découverte éblouissante, une expérience profonde et intense pour elle qui avait passé sa vie à se sentir impuissante, entourée de gens qui avaient plus d'argent et plus de pouvoir qu'elle n'en aurait jamais.

Une sorte de cri étranglé franchit les lèvres de Vincenzo, dont le sexe semblait encore plus gros, encore plus dur. Émerveillée, Eloïse découvrit qu'elle aimait voir son prince perdre pied. C'était comme s'il avait besoin d'elle.

Lorsque la limousine s'arrêta, elle interrompit sa caresse et leva vers lui un regard interrogateur. Il avait les prunelles brillantes. Il se rajusta tant bien que mal et l'aida à se redresser.

— Nous allons finir ça correctement.

Eloïse détestait la vérité sous-jacente de ces mots, à savoir qu'ils allaient *finir* dans un lit et que cette nuit serait la seule qu'ils partageraient jamais. Un profond chagrin s'empara d'elle, qu'elle ne voulait pas analyser.

Vincenzo sortit de la limousine, puis lui tendit la main. Il l'entraîna dans la rue comme s'ils étaient un vrai couple, comme si rien ne s'était passé à l'arrière de cette voiture.

Un frisson secret et vertigineux la traversa.

Jamais auparavant elle n'avait ressenti cela. Parce qu'elle s'était bâti une vie tranquille, avait disparu dans son jardin, au milieu de ses fleurs. Ces fleurs qui devenaient belles en grandissant, simplement, naturellement, sans aspirer à le devenir. Et qui jamais n'étaient victimes de leur beauté.

Elle s'était terrée parce que sa guérison passait par là, mais cela avait un coût : son existence était bien trop calme. Lénifiante. Elle avait poncé les angles trop aigus de sa vie, mais, dans le mouvement, elle avait aussi raboté l'excitation et l'imprévu. Depuis, elle n'avait jamais vécu d'émotions fortes. Et avant, son chemin avait été tracé par d'autres, pavé de douleur, de chagrin et d'abandon. Par exemple, au palais, elle avait assisté à des célébrations somptueuses, mais personne n'avait jamais pris la peine de lui organiser une fête d'anniversaire. Elle était nourrie, logée et vêtue, et il semblait que le contrat n'incluait ni mots gentils, ni cadeaux, ni petites attentions. Elle avait vécu au milieu de l'opulence sans avoir le droit à une miette du festin.

Parce qu'elle n'était pas une princesse ; ne l'avait jamais été.

Alors cette nuit, elle s'autorisait des frissons princiers dans les bras de Vincenzo, même si elle regrettait déjà que cela ne puisse pas continuer. Ensuite, elle retrouverait sa petite vie tranquille. Elle avait au moins ça…

Lorsque les portes de l'ascenseur s'ouvrirent sur le penthouse, Vincenzo sortit le premier et lui tendit la main.

Il l'invitait à entrer dans sa tanière.

Il l'invitait pour une nuit de luxure, et Eloïse allait accepter.

Leurs doigts s'effleurèrent. Un frisson lui parcourut l'échine. Les yeux sombres de Vincenzo ne lâchaient pas les siens. Sa bouche était sèche. Le désir qui grandissait en elle était presque une douleur. La découverte d'un vide profond, et de la nécessité qu'il soit rempli par lui.

Elle était certes encore vierge, mais elle savait très bien ce qui allait se passer ici, et qu'elle le vivrait avec délectation. Elle se fichait pas mal d'avoir mal. La douleur lui était familière. Et la vie lui avait appris que la douleur passait toujours, aussi intense soit-elle.

Eloïse s'émerveillait de ne ressentir ni inquiétude ni nervosité face au continent mystérieux qu'elle allait bientôt explorer. Sans doute, se dit-elle, parce qu'elle allait vivre cette aventure avec Vincenzo. Donc tout irait bien – cette certitude résonnait au plus profond de son âme.

Vincenzo… L'homme dont elle était tombée amoureuse quand elle était adolescente. L'homme qu'elle n'avait jamais oublié. L'homme qu'elle avait toujours voulu. Ce qui allait se dérouler durant la nuit à venir était inéluctable. Le point culminant de tout ce qu'elle avait ressenti pour lui depuis qu'elle était petite fille. Eloïse n'aurait su dire pourquoi, mais c'était ainsi, le destin. Une évidence. Il n'aurait pu en être autrement.

Vincenzo la prit dans ses bras et l'embrassa, avec une fougue qui attisa son excitation. Eloïse s'écarta alors de lui, passa la main derrière elle et attrapa la fermeture Éclair de sa robe. Elle la fit descendre et ouvrit la robe jusqu'à la taille, révélant ses seins nus. Elle avait eu besoin de faire ce geste, de choisir de lui révéler son corps. Et d'en être fière.

Elle aimait préparer son pain, les gâteaux, et ses courbes affirmaient qu'elle ne se privait pas. Elle travaillait en extérieur, donc elle avait des taches de rousseur sur les bras et les épaules à force d'être exposée au soleil. Ses ongles étaient courts parce qu'on ne pouvait pas jardiner avec des ongles longs.

C'était l'Eloïse qu'elle avait choisi d'être. Et qui choisissait aujourd'hui de se donner à Vincenzo.

Elle fit descendre sa robe sur ses hanches. Elle se retrouva uniquement vêtue de ses magnifiques chaussures dorées et de sa petite culotte. Elle savait que son corps était loin d'être parfait, pas assez ferme à certains endroits, trop rebondi à d'autres, mais quelle importance ? Elle n'avait aucun regret.

Vincenzo la regardait avec gourmandise.

— Tu es belle, dit-il d'une voix rocailleuse.

Elle rougit, les joues brûlantes soudain.

— Je suis heureuse que tu le penses.

— Je n'oserai jamais dire que ton corps est fait pour le sexe, alors qu'il est visiblement fait pour tant d'autres choses. Mais je crois que le sexe, avec moi, bien sûr, peut être l'un de ses plus grands accomplissements.

Eloïse songea qu'elle devrait le reprendre, ne pas accepter qu'il lui parle ainsi, mais, bien malgré elle, ces mots la flattèrent. Toutefois, elle posa la main sur le torse de Vincenzo.

— Je n'accorderai du crédit à cette affirmation que si tu admets que *ton* corps est fait pour le sexe. Et plus particulièrement pour le sexe avec moi.

Ses lèvres dessinèrent un sourire. Aussitôt, une nuée de papillons s'envola dans le ventre d'Eloïse : Vincenzo souriait si rarement, voire jamais !

Elle commença à déboutonner sa chemise, lentement, parcourue d'un long frisson à mesure que la peau nue se révélait. L'instant était indubitablement sexuel. Une expression sans équivoque de la faim qu'ils avaient l'un pour l'autre. Elle déplaça les mains sur ses muscles magnifiquement dessinés, puis, d'un geste, repoussa la chemise et la veste, qui tombèrent au sol.

Seigneur ! Il était sublime, torse nu dans son pantalon

noir taille basse, sa musculature ainsi apparente. Il était la perfection physique au sens classique du terme. Un homme qui semblait taillé dans le marbre plutôt que fait de chair et de sang. Pourtant sa peau était chaude, et la bosse qui déformait son pantalon indiquait clairement qu'il n'était pas une statue…

Eloïse se pencha vers lui pour embrasser un téton. Puis elle passa la langue autour, avant de remonter vers son cou et sa mâchoire. Vincenzo lui saisit alors les poignets et les lui bloqua derrière le dos.

— Petite coquine.

— Peut-être…

Elle ne se sentait pas elle-même. Ou plutôt, elle se sentait plus elle-même que jamais, plus libre que jamais – même si Vincenzo la retenait captive. Elle pouvait enfin vivre un moment sans porter la douleur ou les bagages du passé ; et sans inhibitions. C'était un fantasme qui devenait réalité, et cela lui semblait… juste.

Sans la relâcher, Vincenzo l'embrassa. Puis il la souleva du sol et la porta jusqu'à sa chambre de maître. Là, il la déposa au centre du lit. Il fit glisser sa culotte le long de ses jambes. Ensuite, il s'empara de ses chevilles, défit les délicates boucles de ses chaussures et les lui ôta.

— Adosse-toi aux coussins, ordonna-t-il. Et ouvre les jambes.

Gênée, Eloïse ne réagit pas. C'était une chose de se tenir nue devant lui, et de s'imaginer comme le modèle d'un peintre classique, mais c'en était une autre de s'exposer comme il le lui demandait.

— Ouvre-les, répéta-t-il.

Elle se laissa glisser en arrière contre les coussins de la tête de lit et obéit, à la fois grisée de dépasser ses propres limites et mal à l'aise. Mais l'éclat qui traversa alors les prunelles de Vincenzo chassa sa gêne. Elle se surprit même à poser la main sur le cœur de sa féminité et à se caresser doucement.

— Bon sang, Eloïse ! Ça ne va pas durer aussi longtemps que je l'aurais voulu.

— Nous avons toute la nuit, le provoqua-t-elle, excitée comme jamais, les yeux rivés sur la bosse de son entrejambe.

— C'est vrai, approuva-t-il.

Il acheva de se déshabiller. Le spectacle de son corps nu, magnifié par son impressionnante érection, envoya une décharge d'adrénaline dans les veines d'Eloïse. Instinctivement, elle souleva les hanches, en une invitation muette.

Elle avait tellement envie de lui !

Vincenzo eut un sourire gourmand. Il s'approcha d'elle, glissa une main derrière sa tête et l'embrassa. De son autre main, il fit glisser son érection entre ses jambes, la frottant contre son intimité. C'était exquis et… tellement frustrant !

— S'il te plaît…, haleta Eloïse.

— Pas encore.

Ses lèvres descendirent et marquèrent une pause au niveau de sa poitrine. Il suça et lécha un téton, puis l'autre. Au bout d'un moment, il reprit sa descente le long de son ventre, jusqu'à ce que ses lèvres atteignent la toison qui marquait l'entrée de son intimité. Il entreprit alors d'embrasser et de lécher ses replis secrets. Heureusement qu'il lui avait solidement agrippé les hanches, car Eloïse, traversée par de violentes et délicieuses décharges électriques, se cabrait sans cesse. Soudain, il posa les lèvres sur son clitoris et l'aspira en douceur.

Alors, l'orgasme déferla en elle, inarrêtable, et Eloïse hurla son plaisir.

Vincenzo s'allongea près d'elle et l'embrassa. Alanguie, encore secouée de frissons, Eloïse ressentait avec une acuité particulière le besoin qu'elle avait de lui. Depuis tant d'années.

Cet homme avait été l'autre moitié de son âme à un moment donné. Le quitter avait été comme se perdre elle-même.

Mais il était là maintenant.

Il était là, et son sexe tendu était positionné à l'orée du sien.

— Oui, murmura-t-elle simplement.

Alors, il appuya légèrement. Eloïse sentit une légère douleur. Puis il la pénétra d'une seule poussée. La douleur et le plaisir explosèrent en même temps derrière les paupières fermées d'Eloïse. C'était ce qu'elle voulait, ce qu'elle avait toujours voulu, plus que tout. C'était la réponse au vide qu'elle avait en elle, et même si la douleur était présente, elle était compensée par le profond sentiment de satisfaction qu'elle ressentait. Elle comprenait désormais la puissance de l'acte sexuel – le seul moyen de vivre une vraie communion, la seule réponse à tant de questionnements existentiels.

Vincenzo sembla surpris, puis il commença à bouger, faisant remonter le désir en elle. C'était incroyable, magique, divin. Le plaisir la foudroya de nouveau. Presque aussitôt, Eloïse sentit que Vincenzo jouissait en elle, dans un long râle rauque. Puis son grand corps retomba à côté du sien.

Le souffle court, Vincenzo lui caressa doucement le visage, le temps de reprendre sa respiration.

— Tu aurais dû me le dire, murmura-t-il finalement.

— J'aurais dû te dire quoi ?

— Soit tu n'as pas été avec un homme depuis très longtemps, soit tu n'as jamais été avec un homme du tout.

Eloïse ferma les yeux. Elle pourrait mentir, bien sûr. Pour se protéger. Mais cela n'avait aucun sens. Ce soir était un soir spécial. Pas de mensonges, décida-t-elle.

— Je n'ai jamais été avec un homme.

— Oh ! non ! s'exclama-t-il. Mais j'ai été épouvantable avec toi !

— Oui. Mais j'y suis habituée.

— Je déteste encore plus que cela ne t'ait pas affectée parce que je ne suis qu'un parmi tous ceux qui t'ont traitée cruellement !

— Le monde est cruel, Vincenzo. Soit on s'en extrait, comme je l'ai fait, soit on apprend à devenir cruel, comme tu l'as fait. Au moins, tu te bats pour des causes justes. Tu essaies. Tu as le sens de l'honneur.

En disant ces mots, elle réalisa à quel point ils étaient vrais. Et que c'était la raison pour laquelle il ne pouvait s'agir que d'une nuit. Car Vincenzo avait choisi sa voie, et elle avait choisi la sienne. Ce soir, ils pouvaient se rencontrer dans la magie éphémère de ce moment. Dans une bulle de plaisir hors du monde, où la méchanceté et la cruauté ne pourraient les atteindre. Rien d'autre ne comptait.

— Pourquoi n'as-tu jamais été avec un homme ? demanda Vincenzo.

— Tu sais pourquoi.

— Mon père ?

— En partie. Mais surtout, je n'ai jamais eu le sentiment que mon corps avait de l'intérêt ni qu'il m'appartenait. Et j'avais peur. Peur de devenir ma mère. Elle a fait des choix terribles dans sa quête des hommes, dans la poursuite de son désir pour eux, ou de leurs largesses. Je n'ai jamais voulu ça. Tu dois aussi comprendre que ce qui s'est passé entre nous deux m'a fait me remettre en question de manière très profonde. J'ai tout fait pour ne pas me retrouver en situation de manque.

— Cette réaction prouve que tu n'es pas ta mère.

— Peut-être.

— Cela n'a plus d'importance. Ce soir, tu es à moi.

— Oui, approuva-t-elle en souriant. Ce soir, je suis à toi.

Ils firent l'amour toute la nuit, entre de courtes phases d'assoupissement. À un moment, Vincenzo se leva pour leur préparer un plateau de fruits et de fromage. Eloïse profita de chaque seconde passée avec lui. Son Vincenzo. Son prince.

Quand le soleil se leva sur les montagnes, elle se leva sans bruit pour ne pas le réveiller, enfila ses vêtements et se faufila hors du penthouse. Elle ne pouvait pas rester. Parce que leur relation ne pouvait pas durer. Elle devait retourner dans l'espace sûr qu'elle s'était construit. Elle emportait avec elle les souvenirs merveilleux de cette nuit, en espérant qu'ils seraient suffisants pour survivre loin de lui.

Il ne lui fallut pas longtemps pour trouver un vol qui la ramènerait en Virginie en passant par l'Angleterre. Elle éteignit son téléphone pour que Vincenzo ne puisse pas la contacter quand il découvrirait son départ. Parce que s'il l'appelait, elle ne serait sans doute pas capable d'être forte…

9.

Lorsque Vincenzo s'était réveillé et avait découvert qu'Eloïse n'était plus là, cela avait été un choc pour lui. Mais très vite, il avait dû passer à autre chose, car la tempête médiatique qu'il avait déclenchée sur son père et sur Arista avait eu des résultats inattendus. Le roi avait abdiqué et s'était enfui avant que des poursuites judiciaires puissent être engagées contre lui. Vincenzo ignorait s'il avait emmené Cressida St. George dans ses bagages, mais celle-ci avait également disparu.

À présent, sept mois après la fuite d'Eloïse, Vincenzo était sur le point d'être couronné roi. Son couronnement coïnciderait avec la nouvelle année – bien que ce ne soit qu'une formalité, car il jouait déjà le rôle de souverain.

Il avait donc eu peu de temps pour penser à Eloïse. Cela lui arrivait dans de rares moments de calme, et la conclusion était toujours la même : eux deux, c'était impossible. La nuit incroyable qu'ils avaient passée ensemble serait à jamais la seule. À bien des égards, c'était parfait, poétique. Comme s'ils avaient ainsi achevé leur vengeance.

Et pourtant, il rêvait d'elle…

Il ne voulait pas d'autre femme qu'elle. De toute façon, il n'avait pas le temps pour les femmes : il avait un pays à réorganiser.

Après des siècles de royauté, il ne pouvait pas plonger directement Arista dans la démocratie. Il avait donc entrepris, plutôt qu'abolir la monarchie du jour au lendemain, de donner dans un premier temps plus de pouvoir au parlement, et de lever nombre de restrictions qui pesaient sur le peuple, habitué à être dirigé d'une main de fer.

Dans cette période troublée et incertaine, Vincenzo avait pu compter sur le soutien de ses meilleurs amis, la bande d'Oxford.

Rafael, fils naturel du roi de Santa Castelia, était le régent de son royaume depuis des années, en attendant que son jeune frère, le véritable héritier, atteigne la majorité. Jag régnait sur son peuple, et Zeus, bien qu'il ne dirige pas encore son pays, se comportait comme s'il dirigeait le monde.

Il n'était pas rare qu'ils trouvent un moment dans leur emploi du temps et se retrouvent autour d'un verre et d'un bon dîner dans une capitale. Il était encore moins rare qu'ils échangent lors d'appels vidéo. Vincenzo se sentait privilégié d'être si bien entouré – et conseillé. Même s'il trouvait cela drôle si l'on songeait aux quatre cents coups qu'ils avaient faits ensemble dans leur jeunesse.

Il pensait justement à eux, assis à son bureau, lorsqu'apparut sur l'écran de son ordinateur le signal d'un appel vidéo de Rafael. Il répondit, et aussitôt les visages de ses trois amis apparurent dans des petites fenêtres distinctes.

— Bon sang, Rafael ! Il est tard, chez moi ! ronchonna Jag.

— Toutes mes excuses, dit Rafael, qui n'avait pas l'air désolé du tout.

Ce dernier était dans son bureau. Derrière lui, un feu flambait dans l'âtre. En cette saison, il faisait aussi froid dans son pays montagneux près de l'Espagne qu'à Arista.

— Tu ne t'es jamais excusé une seule fois dans ta vie, dit Zeus. C'est d'ailleurs l'une des choses que j'aime chez toi.

Rafael leva les yeux au ciel, puis fixa la caméra de son regard sombre :

— Vincenzo, tu n'es pas au courant ?

— Au courant de quoi ?

— Je le savais ! Si tu avais été au courant, tu nous aurais téléphoné. Ou tu aurais eu l'air furieux quand tu as répondu.

— J'ai toujours l'air furieux. Le prix à payer pour redresser un pays à l'agonie.

— C'est pire que l'état de ton pays, annonça Rafael.

— Arrête de faire des mystères, dit Vincenzo, soudain inquiet. De quoi s'agit-il ?

Rafael brandit un journal devant sa caméra. Il fallut quelques secondes pour que Vincenzo puisse distinguer nettement l'article.

Non ! Impossible…

— On dirait que ta maîtresse est enceinte, lança Zeus, l'air amusé. On dirait que tu as parlé un peu vite de la fin de ta lignée…

Vincenzo continuait à fixer l'image devant lui, hébété. Il venait de prendre un coup de massue derrière la tête. Car c'était bien Eloïse, dans une épicerie, avec ce qui était très clairement un ventre de femme enceinte. Il ne pouvait pas tout lire, mais l'article évoquait l'ancienne maîtresse du prince Vincenzo, qui avait disparu sept mois auparavant après avoir dénoncé les agissements du roi Giovanni, et spéculait sur le fait qu'elle portait l'héritier du trône d'Arista.

La vérité le frappa de plein fouet : *Eloïse portait l'héritier du trône d'Arista !*

Il avait échoué. Il avait juré qu'il ne poursuivrait pas la lignée des Moretti et pourtant il allait devenir père. Une rage sourde enfla en lui.

— Non, dit-il. Ce doit être… un photomontage, ou quelque chose dans ce genre.

— Tu n'as pas couché avec la délicieuse jeune femme que tu as amenée à Arista pour t'aider à détruire ton père ? demanda Jag.

— Ce n'est pas la question ! J'ai couché avec beaucoup de femmes, et aucune d'entre elles n'a fini par porter mon enfant.

— Tu as utilisé un préservatif ? demanda Rafael.

— Pardon ?

— Un préservatif. Un truc qui existe depuis pas mal de temps, maintenant, renchérit Zeus, ironique. Connu sous de nombreux noms. Capote anglaise, condom… Je suis sûr que même dans votre petit pays arriéré, vous connaissez le concept de l'armure d'Éros.

Oh ! non… Vincenzo venait de se rendre compte qu'il n'avait pas utilisé de préservatif. La soirée au bal avait été déstabilisante à plus d'un titre, puis l'excitation de cette première fois avec Eloïse, et ensuite la nuit avait été intense. Il avait complètement oublié de se protéger. De les protéger tous les deux.

Quel idiot !

— Waouh ! lança Zeus, railleur. Pas de préservatif. Bravo !

— Tu dois l'épouser, enchaîna Rafael.

— Excuse-moi, intervint Vincenzo, irrité. C'est toi qui me dis ce que je dois faire, maintenant ?

— Non, répliqua Rafael. Mais en tant que seul bâtard du groupe, je me dois de vous rappeler ma propre expérience. Le trône m'a été refusé parce que mon père ne voulait pas épouser ma mère. Je fais tout le boulot, en plus d'organiser le mariage de mon frère pour qu'il puisse prendre la couronne. Je suis devenu une sorte de nounou de luxe, tout ça parce que mes parents n'ont jamais officialisé leur union. J'aurais pu être roi au lieu de nounou.

— Je ne veux plus de roi à Arista, dit Vincenzo.

— Alors, abolis la monarchie. Continue comme tu l'avais prévu, conseilla Jag. Il n'y a aucune raison pour que tu changes tes plans. Mais Rafael a raison sur un point : un homme d'honneur qui met une femme enceinte doit l'épouser.

— Nous ne vivons pas tous au Moyen Âge, cheikh Jahangir, lança Zeus, provocateur. Je ne sais pas. Vincenzo pourrait installer cette dame dans une très belle maison. Adjacente à la sienne, si jamais il prévoit de rendre visite à l'enfant. Bien que les enfants soient assez ennuyeux.

— Merci pour ton avis éclairé sur les joies de la paternité, ricana Vincenzo. Cependant, que je trouve amusant ou non de devenir père n'est pas la question. Si je dois le devenir… alors je ferai ce que j'ai à faire.

— Tu vas l'épouser, dit Rafael.

— Pas parce que tu me l'as ordonné, répliqua Vincenzo.

— Le prince prend la mouche, on dirait ! le titilla Zeus.

— Comme si tu étais du genre à obéir aux diktats de ce crétin de Rafael ! rétorqua Vincenzo.

— Absolument pas, répondit Zeus. Personne ne peut me dire ce que je dois faire. Mais, moi, j'utilise des préservatifs…

Même s'il savait que c'était stupide, Vincenzo ne put s'empêcher de répondre à la provocation de son ami :

— Que Dieu te vienne en aide quand tu rencontreras une déesse aussi excitante et séduisante qu'Eloïse St. George.

— J'ai rencontré un certain nombre de déesses et de nymphes, déclara Zeus. Des coquines, des délurées, des friponnes, des débauchées, des demi-mondaines. Et pourtant, je n'ai pas de bâtard !

— Épouse-la vite, intervint Rafael. Bien sûr, nous serons tous présents à ton mariage.

— Il faudra en profiter : c'est le seul mariage auquel nous sommes susceptibles de participer ! lança Jag en riant.

Vincenzo ne réagit pas. Il ne put toutefois s'empêcher de penser que cela le ferait bien rire si l'un de ses trois amis se retrouvait à son tour dans une situation où il serait obligé de se marier.

— N'organise pas tes noces autour du nouvel an, dit Rafael. C'est le mariage de mon frère.

— Ah, oui, c'est vrai ! s'exclama Zeus. Il va épouser cette jolie petite princesse de Santa Castelia. Elle est tout à fait délicieuse.

Le visage de Rafael se transforma en pierre.

— Elle a à peine vingt-deux ans, dit-il d'une voix tendue. Je préférerais que tu gardes pour toi ton opinion sur ma future belle-sœur et sa beauté.

Vincenzo se dit qu'il ne se souciait pas assez de la situation injuste dans laquelle se trouvait Rafael. Parce qu'il n'était qu'un bouche-trou, en attendant l'avènement de son jeune demi-frère, qu'il devait guider dans la vie comme s'il était son propre fils. Tout cela à cause de leur père, qui avait complètement délaissé Rafael.

Mais les problèmes de son ami passaient toutefois à l'arrière-plan maintenant qu'il allait devenir père.

Tu vas devenir père !

Il n'avait jamais voulu cela. Il s'était même juré que cela n'arriverait jamais. Il était sur le point de tenir la promesse mortelle faite à son père : démanteler son système népotique et mafieux pour redonner à Arista tout son lustre.

Mais Eloïse portait son bébé. Et cela changeait tout.

Eloïse, qu'il n'avait jamais pu oublier.

Eloïse...

— Je vais aller en Virginie, annonça-t-il à ses amis.

— Quand ? demanda Zeus.

— Ce soir.

10.

Eloïse était assise à la table de sa cuisine, admirant toutes ses décorations de Noël. Elle avait toujours imaginé que lorsqu'elle serait adulte, elle pourrait passer des fêtes de fin d'année différentes ; qu'elle décorerait son chez-soi de façon festive et joyeuse, emportée par la magie de Noël qui lui avait toujours manqué lorsqu'elle était petite fille.

Depuis qu'elle vivait en Virginie, elle avait toujours bien arrangé sa maison ; et pourtant, jamais elle n'avait vraiment ressenti de charme particulier.

Jusqu'à aujourd'hui.

En effet, malgré son cœur brisé, un picotement de magie la parcourait. Parce qu'au prochain Noël, elle aurait un enfant avec qui partager cette fête. Cette pensée faisait déborder son cœur.

Du jour où elle avait vu ce test de grossesse devenir positif, Eloïse était terrifiée. Mais elle avait su immédiatement qu'elle voulait cet enfant. Tout comme elle savait sans l'ombre d'un doute que Vincenzo ne le voudrait pas. Il s'était juré de ne jamais avoir d'héritier, et cette promesse signifiait beaucoup pour lui. Il avait emprunté un chemin duquel rien ne le ferait dévier. Pas même un enfant. Or elle ne souhaitait pas que ce bébé soit une source de discorde. Elle était retournée à sa vie tranquille, et c'était un cadeau. Maintenant, elle voulait ce bébé. Elle voulait devenir mère. Et elle n'avait pas pleinement réalisé ce que cela signifiait jusqu'à cette prise de conscience, assise là, entourée des décorations de Noël.

Quand elle était enfant, les vacances au palais étaient organisées pour le plaisir des adultes, comme tout le reste, avec des fêtes auxquelles elle n'avait pas le droit d'assister et des cadeaux qui n'étaient pas pour elle. Elle n'avait jamais eu personne avec qui les partager, jamais eu de famille avec qui s'asseoir près du sapin de Noël. Tout cela allait changer. Elle organiserait des fêtes d'anniversaire, des boums, des pique-niques. Elle se réjouirait des succès de son enfant et le réconforterait quand il échouerait. Elle ferait pour lui ce que personne n'avait fait pour elle.

Eloïse trouvait encourageant de penser qu'elle pourrait transformer une petite partie de sa douleur en quelque chose de positif. Elle n'aurait jamais avec sa mère la relation dont elle avait rêvé, mais elle aurait la possibilité de devenir le genre de mère qu'elle aurait voulu avoir. Elle aurait au moins dans sa vie une personne qu'elle pourrait aimer, puisqu'il ne lui était pas permis d'aimer Vincenzo.

Elle élèverait leur enfant loin d'Arista, loin du palais royal et de ses fantômes. Ce serait mieux. Pour tout le monde. Même si « loin d'Arista » signifiait aussi « loin de Vincenzo »...

Ce n'était pas si grave. Elle l'avait accepté avant même de se retrouver dans son lit. Elle aurait juste souhaité avoir anticipé les conséquences possibles de leur folle nuit.

C'est du passé, songea-t-elle en regardant par la fenêtre la neige tomber. *Tu es heureuse, tu as des projets, tu vas devenir maman.*

Était-elle heureuse ? *Oui*, se dit-elle en regardant, attendrie, Skerret jouer avec sa pelote de laine.

En entendant trois coups frappés à la porte, son chat bondit sur la table. Eloïse retint un cri d'effroi. Elle se leva et se dirigea vers le petit hall d'entrée. Trois nouveaux coups sur le battant. Elle jeta un coup d'œil par la fenêtre latérale. Alors, son cœur tomba à ses pieds.

Vincenzo se tenait sur le seuil, son manteau de laine sombre recouvert de flocons de neige.

Mon Dieu…

Eloïse était désemparée. Que faire ? Elle posa les yeux sur son ventre arrondi. Elle aurait préféré que Vincenzo ne soit pas au courant. Mais il était trop tard, désormais…

Elle prit une grande inspiration. *Bon, ce n'est pas grave. Je vais faire face*. Elle était enceinte, elle voulait le bébé : c'était sa décision, après tout.

Lorsqu'elle ouvrit la porte, les mots se figèrent sur ses lèvres. Elle avait oublié à quel point Vincenzo était beau…

— Salut, dit-elle, platement, avec l'impression désagréable d'être une cruche.

Vincenzo regarda son ventre, puis son regard remonta vers son visage.

— Alors c'est vrai…

— Comment as-tu…

Il sortit un journal plié de la poche intérieure de son manteau et le lui tendit. Eloïse se reconnut aussitôt sur la photo, son ventre de femme enceinte parfaitement visible. Le titre disait : « La maîtresse du futur roi d'Arista enceinte de l'héritier ? »

— Oh ! non…, soupira-t-elle. Je ne… Vincenzo, je ne sais pas comment ils ont eu ce…

— Ne me dis pas que le bébé n'est pas de moi ! la coupa-t-il. Car nous savons tous les deux qu'il l'est, *cara mia*. Tu étais vierge, et je ne pense pas que tu aies sauté directement de mon lit dans un autre.

— Et pourquoi pas ? riposta-t-elle, indignée par sa supposition. Je trouve que le sexe est une activité assez amusante et j'aimerais continuer à la pratiquer. Peut-être que je l'ai fait. N'oublie pas que je suis partie très vite.

Après tout, avant de la retrouver sept mois auparavant, ne pensait-il pas d'elle qu'elle était une femme entretenue ? Cela la rendait furieuse de constater que Vincenzo semblait penser qu'elle l'avait trahi en tombant enceinte.

— Ne joue pas à ce petit jeu, Eloïse ! Je ne suis pas d'humeur.

— Sache que ton humeur est la moindre de mes préoccupations.

— Viens avec moi.

Elle avait imaginé que s'il découvrait sa grossesse, il serait inflexible, odieux et exigeant. Parce que tel était son caractère.

— Je ne peux pas venir avec toi. J'ai un sapin de Noël. Et un chat. Skerret.

Vincenzo grimaça.

— C'est un nom ridicule, pour un chat.

— Eh bien, c'est juste une sorte de… disons que ça lui va bien.

— C'est quand même ridicule.

Eloïse leva les yeux au ciel, agacée. Elle était enceinte, il était venu la chercher et ils discutaient du nom de son chat !

— Je ne peux pas venir avec toi, affirma-t-elle avec force.

— Tu ne peux pas ou tu ne veux pas ?

— Ça revient au même. Et de toute façon, tu as dit que tu ne voulais pas d'enfant. En fait, tu as juré de ne jamais en avoir.

— C'est vrai. Mais tu en as un. Donc ce que j'ai dit n'a plus d'importance.

— Vincenzo, tu peux affirmer que ça n'a pas d'importance, mais ça en a. Écoute, tu n'as pas à faire quoi que ce soit pour cet enfant. Je suis prête à m'en occuper toute seule.

— Tu connais le sexe ? demanda-t-il.

— Je… Non, bafouilla Eloïse, surprise par sa question.

J'ai refusé de le savoir. Je préfère avoir la surprise. Tu sais, aussi étrange que cela puisse paraître, je suis très heureuse à l'idée d'être mère. Je ne savais pas que je le désirais. Je m'étais résignée à vivre une vie tranquille et solitaire. Mais maintenant… J'aime l'idée de la partager avec quelqu'un. Tu dois me croire : je ne suis pas malheureuse.

Il la contourna et entra dans le cottage, emplissant aussitôt tout l'espace. Elle avait aussi oublié combien sa présence était imposante.

— Tu te trompes sur moi. Je ne suis pas venu ici pour veiller à ton bien-être, Eloïse. Je suis venu pour réclamer mon enfant. Ce n'est pas un contrôle social, c'est une proposition. Ou un kidnapping, si nécessaire.

— Une proposition ?

— Tu vas m'épouser.

Eloïse se figea, la bouche grande ouverte. Elle se ressaisit rapidement.

— C'est un ordre, pas une proposition. Et je ne le ferai pas, Vincenzo.

— Oh ! que si ! Je suis sur le point de devenir roi, et nous devons nous marier avant mon couronnement. Sinon, notre enfant sera un bâtard. Comprends-tu tout ce que cela implique ?

— Je… Je suppose que non, bredouilla-t-elle, déstabilisée. Je… Nous sommes au XXIe siècle, cela ne veut sûrement rien dire.

— Si. Cela signifie qu'il ou elle ne pourra pas hériter du trône.

Eloïse fronça les sourcils, de plus en plus perdue.

— Je croyais que tu voulais en finir avec la monarchie…

— Je ne sais plus ce que je veux, désormais, avoua-t-il en secouant la tête. J'avais planifié une façon de faire les choses, et cette situation contrarie mes projets. Ne peut pas s'y adapter. Conclusion : je dois ajuster mes plans en conséquence.

— J'ai prévu de passer Noël ici, déclara-t-elle en croisant les bras sur sa poitrine, bravache.

— Je m'en moque : tu vas venir avec moi.

— Tu ne veux pas savoir pourquoi je suis partie ?

Elle eut l'impression de l'avoir giflé. Il avait le regard noir comme l'enfer.

— On dirait que tu brûles d'envie de me le dire, jeta-t-il entre ses dents serrées, alors vas-y.

— Je suis partie parce que je ne supportais pas l'idée de rester à Arista plus longtemps. Je ne veux pas être dans le palais. Cet endroit, le protocole royal : tout m'évoque de terribles souvenirs. Et ce n'est pas quelque chose que je peux imaginer vivre pour le reste de ma vie. Ici, c'est chez moi. Je m'y suis fait ma place. Je ne veux pas redevenir cette triste fille perdue dans une vie royale qu'elle n'était pas censée vivre.

— Je ne suis pas mon père, chuchota-t-il.

— Je n'ai pas dit que tu l'étais. Mais cela ne change rien au fait que je ne me sens pas chez moi là-bas. Et que je ne le veux pas non plus.

Revenir et épouser Vincenzo, qui allait être roi, en plus, c'était au-dessus de ses forces ; et au-delà de sa volonté. C'était tant d'interactions, tant de responsabilités… un cauchemar ! Elle voulait juste une vie simple et tranquille avec son enfant.

— Tu dois revenir avec moi, insista Vincenzo. Sinon, je n'aurai pas d'autre choix que de prendre l'enfant.

— Tu ne le ferais pas.

Eloïse scruta le visage de son inattendu visiteur. Elle essaya de mettre de côté sa peur et sa colère pour deviner ce qu'il pouvait bien penser. Ressentir. Il avait dit qu'il ne voulait pas d'enfant, et pourtant il était là. Il suivait son propre code d'honneur, sa propre morale, sa propre ligne de conduite, et peu lui importait qu'elle puisse le comprendre ou non. Quand il décidait quelque chose, il y avait de fortes probabilités pour que cela arrive.

— Tu ne veux pas de l'enfant, lui rappela-t-elle. Tu me l'as dit des centaines de fois.

— J'ai dit que je ne voulais pas d'enfant. Maintenant, il y en aura un. Alors je prends mes responsabilités. Je ferai mon devoir. En cela comme en toute chose.

Les fêlures qu'Eloïse décela dans la voix de Vincenzo l'empêchèrent de l'agresser verbalement. Elles la poussaient même à considérer sa proposition. Car elle n'oubliait pas un facteur essentiel : il était mieux pour un enfant de connaître son père et de grandir auprès de lui.

— Tu vas vraiment me faire chanter ?

— Si je n'ai pas d'autre choix…

— J'amène mon chat, annonça-t-elle.

Vincenzo grimaça et poussa un long soupir dédaigneux, comme s'il était face à une enfant capricieuse.

— Quoi d'autre ?

— Qu'est-ce que ça peut te faire, ce que je veux d'autre ? répliqua-t-elle vertement. Ne fais pas semblant de t'en soucier !

— Eloïse, je ne te veux aucun mal. Ce que je veux, c'est mon enfant.

— Pourquoi ?

— N'est-ce pas la chose la plus naturelle du monde que de vouloir être avec son enfant ?

Elle le fusilla du regard.

— Toi et moi savons tous deux que ce n'est pas le cas. Est-ce que ma mère me voulait vraiment ?

— Eloïse…

Elle l'interrompit d'un geste de la main et secoua la tête.

— Tu peux peut-être me prendre le bébé, mais tu ne peux pas me forcer à t'épouser. Et alors, ton enfant ne sera pas légitime.

— Tu me fais du chantage à ton tour ?

— Non. Je sais que je n'ai pas beaucoup de pouvoir, mais j'ai eu si peu le choix dans ma vie, Vincenzo. Je ne peux pas imaginer que tu veuilles faire moins pour moi que ce que ma propre mère a fait. Je suis sûre que tu n'as pas en tête de te contenter de me cacher dans ton palais comme un secret honteux ou encombrant. Je mérite mieux que ça.

— Qu'est-ce que tu veux ?

Eloïse n'avait rien de précis en tête. Seule sa peur de la vie au palais royal la freinait. L'idée lui vint en une seconde :

— Fais-moi passer un beau Noël au palais. Montre-moi qu'il y a quelque chose d'autre que ce dont je me souviens, que cet affreux sentiment de vide que j'ai toujours connu là-bas. Montre-moi qu'il peut y avoir du bonheur.

— Comme tu veux, répondit Vincenzo, qui n'avait pas l'air heureux du tout mais en colère. Prépare tes affaires et ton chat.

— On prend aussi mon sapin de Noël !

Vincenzo leva les yeux au ciel. Eloïse ne s'en formalisa pas : elle serait inflexible sur ce point. Et peut-être était-elle ridicule, sans doute Vincenzo ne voudrait-il pas exaucer son vœu d'un Noël joyeux à Arista, mais si elle acceptait de retourner là-bas, voire de l'épouser, elle avait besoin qu'il essaie.

Elle rassembla rapidement quelques affaires dans un sac de voyage et fit le tour de son cottage pour fermer les volets. Elle avait le cœur horriblement lourd de quitter cet endroit. Le confort douillet et la sécurité.

Vincenzo prit le sapin et le mit sur son épaule. Trois ornements tombèrent sur le sol.

— Fais attention ! le réprimanda Eloïse.

— Tu m'as dit que tu voulais apporter ton arbre, mais je ne peux pas te garantir l'état dans lequel il arrivera. Je vais l'attacher au toit de mon 4x4, puis direction mon jet privé.

Eloïse coupa l'électricité, l'eau et ferma la porte de son

cottage. Vincenzo avait déjà attaché le sapin au toit avec des sangles.

— On l'emporte vraiment, alors..., murmura-t-elle.

— Oui. Je te montrerai que je suis à la hauteur de la tâche que tu m'as assignée. Tu m'as demandé une fois si je voulais une vie tranquille. La vérité, c'est que je n'ai pas le choix. À cause de ma naissance. À cause de la personnalité de mon père, de ce qu'il a fait. Et je veux que notre enfant ait le choix, plus tard.

Elle hocha lentement la tête. Elle avait une responsabilité envers son enfant. Envers *leur* enfant. Celle d'agir au mieux de ses intérêts ; quoi qu'il arrive. Le père de Vincenzo et sa propre mère n'avaient pas été capables de le faire. Ils n'avaient pensé qu'à eux. Eloïse pouvait s'accrocher à sa petite vie tranquille, à son désir de rester loin d'Arista, mais si elle refusait à son enfant ce qui lui revenait de droit, si elle lui refusait la chance de connaître son père, alors elle ne serait pas meilleure que sa propre mère.

— Allons-y, dit-elle en s'installant dans le luxueux 4x4.

11.

— Tu as fait quoi ? s'étrangla Rafael à l'écran.

— Je l'ai ramenée au palais, répéta Vincenzo à ses trois amis, en regardant la caméra de son ordinateur bien en face.

— Tu l'as kidnappée ? demanda Zeus, que cette hypothèse semblait réjouir.

— Limite.

— Vincenzo, soit on kidnappe, soit on ne kidnappe pas, releva Zeus. Il faut être précis, il n'y a pas d'entre-deux.

— Elle est ici. C'est assez précis, pour toi ?

— Elle va t'épouser ? demanda Rafael.

— Très probablement.

— Très probablement, répéta Jag, moqueur. C'est…

— … faiblard, compléta Zeus.

— Nul, renchérit Rafael.

— Je ne peux pas la forcer à m'épouser ! s'exclama Vincenzo.

— C'est faux, dit Jag. Tu peux absolument la forcer à t'épouser.

— Peut-être que je ne *veux* pas la forcer à m'épouser.

— Pourquoi ? demanda Rafael.

En vérité, Vincenzo n'était pas tout à fait contre l'idée de trouver un moyen pour la forcer à l'épouser.

Quand elle avait ouvert la porte et qu'il l'avait vue face à lui, ronde et enceinte de son enfant, il avait… Eh bien, il avait pris son arbre de Noël, l'avait jeté sur son épaule et l'avait ramené à Arista avec eux ! C'était la façon étrange et primitive dont il avait réagi en la découvrant en future maman. Il ignorait de quoi sa réaction d'homme des cavernes était le symptôme, en revanche il savait qu'il ferait n'importe quoi pour avoir Eloïse.

Y compris la forcer à l'épouser s'il n'y avait pas d'autre choix.

— J'espère lui faire croire que c'était son idée, expliqua-t-il.

— C'est brillant ! affirma Zeus, sans qu'on sache s'il plaisantait ou non.

— Tout ce qu'elle a demandé, c'est que je lui organise un Noël joyeux. Elle a dit que si je pouvais lui faire oublier combien la vie était difficile au palais quand elle était enfant, alors elle serait plus disposée à rester avec moi.

— Achète-lui un poney ! proposa Zeus.

— Elle n'a pas demandé de poney, répondit Vincenzo, interloqué et amusé à la fois.

À travers l'écran, Zeus le fixait comme s'il était fou :

— Toutes les femmes aiment les poneys !

— Alors je vais en acheter un. Non : je remplirai une étable de poneys pour elle ! Je m'en occupe immédiatement.

Ses amis rirent de bon cœur.

— Personne n'aime quelqu'un qui offre des cadeaux à contrecœur, plaisanta Zeus.

— Je me fiche tellement de tout ça, soupira Vincenzo. Les poneys, Noël…

Il se doutait qu'il en allait de même pour ses vieux complices : ils étaient des hommes d'action, pas des hommes de cocon, pas le genre à prendre des vacances. D'ailleurs, leur silence en disait long.

— Envoyons des cadeaux ! proposa soudain Rafael. Pour souhaiter la bienvenue à ta nouvelle reine.

— Vous n'avez pas à faire ça…

— Si, excellente idée ! abonda Jag dans son sens, exalté. J'ai une idée. Oui, je sais ce que je vais envoyer. Dès demain.

— Parfait, c'est réglé, alors, dit Rafael.

— Réglé, confirmèrent d'une même voix Zeus et Jag.

Puis ses amis disparurent de l'écran. Alors, Vincenzo appela la décoratrice du palais et la convoqua dans son bureau. Il avait toujours connu Donatella à ce poste. Elle arriva quelques minutes plus tard.

— Je souhaite décorer le palais pour Noël, expliqua-t-il. Chaque pièce. Du sol au plafond. Aucune dépense ne doit être épargnée. L'argent doit être pris sur mon compte personnel, pas sur le budget d'Arista.

— Votre Majesté, je…

— C'est pour Eloïse, coupa Vincenzo. Nous devons rendre cet endroit magnifique pour elle. Car elle sera ma reine.

— Votre mère en aurait été très heureuse, affirma Donatella avec un grand sourire, l'air émue.

— Peut-être. Peut-être pas.

Considérant les relations qu'elle avait eues avec Cressida, il avait du mal à imaginer sa mère heureuse qu'il prenne la fille de sa rivale pour épouse…

— Je suis contente, ajouta Donatella. Eloïse a toujours été une gentille fille. Très calme. Elle n'a jamais eu l'enfance qu'elle méritait.

Une étrange sensation de regret résonna dans la poitrine de Vincenzo.

— Non, en effet.

Il était déterminé à relever le défi de courtiser sa princesse, et il allait réussir. Il avait à sa disposition un personnel compétent capable de faire des miracles. Il ne comprenait pas bien la subtilité des sentiments, il ne connaissait guère le monde complexe des émotions, mais il savait comment séduire une femme. Eloïse ne pourrait pas lui résister.

Depuis son arrivée à Arista, un jour et demi plus tôt, Eloïse n'avait pas quitté ses appartements. Elle souffrait du décalage horaire et avait beaucoup de mal à dormir, d'autant plus que trop de pensées tournaient dans sa tête. Elle ne se sentait pas dans son assiette et n'était pas heureuse d'être de retour au palais. Le seul point positif, c'était qu'elle s'était rapprochée de Vincenzo.

Elle ne pouvait pas être fâchée qu'il veuille reconnaître leur enfant. Non, ce qui l'effrayait, c'était la chaleur qui l'envahissait à cette idée, c'était à quel point elle voulait qu'il désire leur enfant.

Lorsqu'elle décida qu'il était enfin temps de sortir de sa suite, elle fut confrontée à un spectacle féerique et inattendu.

Magique.

Des stalactites clignotaient au plafond, de scintillantes guirlandes vertes et rouges s'enroulaient autour de chaque colonne, chaque balustrade, chaque rampe, des couronnes de Noël étaient accrochées sur les murs. Dans chaque pièce, il y avait des candélabres en or avec des bougies blanches allumées qui jetaient des lueurs dansantes, et des sapins décorés.

Quand elle entra dans la salle à manger, elle ne compta pas moins de quatre arbres. Un qui montait jusqu'au plafond, incroyablement grand, deux à côté de taille moyenne et, au centre, son petit arbre de Noël qui avait fait tout le chemin depuis la Virginie. C'était incroyable. Tout simplement incroyable…

Elle s'émerveillait encore lorsque Elizabeth, la gouvernante, entra dans la pièce. Eloïse avait toujours apprécié cette femme énergique, franche et souriante.

— Bonjour, lança la gouvernante. Prête pour le petit déjeuner ?

— Oh ! oui.

— Du café ?

— Une tisane. Merci.

Elle était plutôt contente de ne plus avoir envie de café, puisque cette boisson lui était déconseillée pendant sa grossesse. Elle n'aurait jamais pensé pouvoir s'en priver ; or, lorsque quelques mois auparavant elle avait tenté de boire la seule tasse autorisée de la journée, et son estomac s'était retourné.

À peine Elizabeth était-elle partie que Pietro, un autre membre du personnel qu'Eloïse aimait bien, entra et la salua.

— Madame Eloïse, des cadeaux ont été envoyés pour vous.

— Des cadeaux ? s'étonna-t-elle.

Mais elle n'eut pas le loisir de poser d'autres questions : d'autres membres du personnel faisaient déjà leur apparition, les bras chargés de bols faits en métaux précieux qui débordaient de fruits secs. Il y avait aussi des fleurs, des flacons de parfum en cristal et des tapis tissés aux motifs splendides.

— De la part du cheikh Jahangir Hassan Umar Al Hayat, annonça Pietro. Le tout envoyé avec un traîneau en bois sculpté à la main. Une *troïka* pour être précis.

— Je… C'est incroyable ! bafouilla Eloïse en s'asseyant en face de la table sur laquelle les présents étaient posés.

— Ce n'est pas terminé, dit Pietro.

La deuxième vague de cadeaux était constituée de paniers remplis d'olives, de plateaux de viande séchée, de fruits et de noix.

— De la part du régent Rafael Navarro. Les meilleurs produits de son pays.

Pietro lui tendit une liasse de papiers.

— Et des actions de son entreprise, ajouta-t-il. « Au cas où vous auriez besoin de racheter votre liberté », a précisé le régent.

Eloïse sourit malgré son incrédulité.

— Oh ! C'est très gentil de sa part.

Puis arriva une jeune femme, qui tenait au bout d'une longe un tout petit cheval.

— Ceci vient du prince Zeus. Avec le message que les

femmes devraient posséder le monde, mais que, à défaut, elles devraient au moins posséder un poney.

Cette fois-ci, elle éclata franchement de rire.

— C'est merveilleux !

— Ce sagouin n'a tout de même pas envoyé un poney dans mon palais ! fit alors la voix furieuse de Vincenzo derrière elle.

Vincenzo se tenait dans l'embrasure de la porte, l'air furibond.

— De qui parles-tu ? lui demanda-t-elle.

— De Zeus. J'aurais dû deviner qu'il était assez fou pour le faire.

— Qui sont ces hommes qui ont envoyé ces cadeaux ?

— Ils sont mes… mes amis.

Eloïse aurait juré que prononcer le mot « amis » l'avait fait souffrir.

— Tu as des amis ?

Il leva un sourcil.

— Essaie au moins de ne pas paraître surprise…

— Je le suis.

— Ce n'est pas eux qui ont décoré le palais, c'est moi. Enfin, je l'ai fait faire…

— C'est magnifique ! s'exclama-t-elle, sincère.

Le petit déjeuner arriva sur ces entrefaites : viennoiseries et pâtisseries, beurre, confitures, miel, fruits frais…

— Je ne pense pas que je pourrai manger tout ça, dit Eloïse, les yeux ronds.

— Je vais t'aider.

Il s'assit à côté d'elle. Ce n'était rien, un petit geste qui créait une intimité du quotidien, et pourtant…

Ne commence pas à te faire des idées et à mettre du romantisme partout ! s'ordonna-t-elle. *Vincenzo veut quelque chose de toi, et il est prêt à tout pour l'obtenir.*

Certes, mais c'était elle qui l'avait mis au défi, non ? Alors pouvait-elle lui en vouloir de déployer des trésors de séduction ? C'était tellement compliqué et embrouillé dans son cerveau. Et il y avait un poney dans la salle à manger, pour l'amour de Dieu !

Elle le désigna d'un geste de la tête :

— Il ne devrait pas être emmené dehors ? hasarda-t-elle.

— Si, acquiesça Vincenzo, avant de se tourner vers la porte et de lancer d'une voix forte : Pietro ! Faites emmener le poney aux écuries.

— J'irai le voir tout à l'heure, annonça Eloïse.

— Je ne pense pas que le poney soit vexé.

— J'espère que tu as raison. Il ne faut jamais vexer un cheval, tout le monde sait cela.

Vincenzo sourit à sa boutade.

— Et comment ton chat trouve-t-il sa nouvelle maison ?

— Je crois qu'il aime bien le côté droit de mon lit. Mais en dessous, caché. Il faudra un peu de temps pour s'adapter.

Elle ne parlait pas seulement du chat. Il lui faudrait du temps à elle aussi, surtout pour comprendre comment Vincenzo avait pu changer d'avis aussi vite.

— Pourquoi veux-tu de cet enfant, à présent ?

— Parce que je crois que c'est la bonne décision, la plus juste. Et c'est ainsi que j'essaie d'avancer : en prenant des décisions justes.

— Sans être trop dogmatique, donc. En adaptant tes principes, c'est ça ?

— Oui. Regarde, j'ai chassé mon père du trône, et je voulais mettre fin à la monarchie. Mais la réalité, c'est que le peuple d'Arista n'est pas complètement heureux à l'idée de perdre sa monarchie. Même s'ils n'avaient pas de véritable amour pour mon père, ils aiment la famille royale et tout ce qu'elle représente dans leur histoire et celle du pays. Alors je dois composer, trouver un équilibre entre mes principes et le réel.

— Je comprends… Et je comprends surtout que ce doit être très difficile. Moi, je n'ai jamais été responsable de quelqu'un d'autre à part Skerret. À part mon chat, je n'ai été responsable que de mon propre bonheur. Et c'est facile. Ce que tu dois faire ne l'est pas. Tu tiens le sort d'une nation entière entre tes mains, et je ne t'envie pas cette position. J'étais si heureuse de quitter Arista, si heureuse d'échapper à tout ça. Mais tu as raison : il y a d'autres choses à considérer. Je ne peux pas supporter l'idée que notre enfant grandisse dans ce palais comme nous y avons grandi. Nous devons lui offrir ce que nous n'avons pas eu.

— À savoir ?

— L'amour.

— Qu'est-ce que l'amour pour toi ?

Eloïse ne s'était pas attendue à cette question. Elle resta sans voix, avant de bredouiller :

— Je… Tu sais, l'amour, quoi…

— Non, je ne sais pas. Je n'ai jamais été exposé à l'amour quand j'étais enfant. Et je n'y ai pas été exposé non plus en tant qu'adulte.

Il y avait un détachement froid dans sa voix, plus douloureux que n'importe quel sanglot déchirant. Eloïse ne pouvait que fixer Vincenzo, stupéfaite par la souffrance que cet aveu faisait naître en elle et par la facilité avec laquelle il l'avait fait. Lui ne semblait pas blessé, seulement résigné.

— En plus, reprit-il, nous avons tous des conceptions très différentes de ce qu'est l'amour. La définition a changé au cours de l'histoire, et elle change suivant les continents, les pays. Alors, de quoi parlons-nous quand nous parlons d'amour ? Regarde le mariage de mes parents : c'est de l'amour, tu crois ?

— Je ne pense pas que ton père ou ma mère aient jamais vraiment aimé quelqu'un.

— Et pourtant, j'imagine qu'ils diraient le contraire. Peut-être même qu'ils affirmeraient qu'ils nous aiment, toi et moi. Parce qu'ils pensent sans doute qu'il est naturel pour un parent d'aimer son enfant, et vice versa. Or nous savons tous les deux que c'est faux. Alors qu'est-ce que l'amour au vrai sens du terme ? Celui que l'on peut sentir, toucher, goûter ? Ne serait-ce pas un ensemble d'actes avant tout ? Sinon, il n'existe pas, si ? Donc, quand tu parles d'aimer notre enfant, si tu veux dire que je vais m'en occuper, que je vais le soutenir, alors oui, je le ferai. Je lui donnerai tout ce que nous n'avons pas reçu de nos parents. De la même manière que je t'offre ton Noël rêvé.

— Mais pour toi, ce n'est pas de l'amour ?

— Je pense que l'amour est peut-être une hallucination de la société moderne, dit-il d'un ton sinistre. Si moins de gens affirmaient aussi facilement et aussi souvent qu'ils aiment, alors peut-être que l'amour y gagnerait en force et en densité. Mais dans un monde où on dit « je t'aime » comme on éternue, permets-moi de douter de ce concept.

— Ta mère t'aimait, c'est certain.

Il haussa les épaules, et son regard devint distant.

— Si elle m'a aimé, elle ne me l'a jamais dit. Mais ma mère a été l'influence la plus stable de ma vie, c'est certain. Elle était une bonne reine, consciente de ses devoirs, et s'informait de mon bien-être. Malgré cela, mon père ne lui a témoigné aucune reconnaissance. Rien que du mépris.

Eloïse étouffait, la poitrine prise dans un étau. La vision cynique et utilitariste que Vincenzo avait de l'amour allait à l'encontre de la sienne, romantique, qui voyait en cette émotion une manière d'enchanter et d'embellir le monde. Aimer une personne ne se résumait pas à prendre soin d'elle, selon elle. Aimer, c'était accepter de parfois se sacrifier, par choix. Elle y voyait une dimension supérieure, transcendante.

— Tu aurais préféré que ta mère te dise qu'elle t'aimait ?

— Peut-être, à un moment donné. Mais finalement, ça n'a pas d'importance.

— Tu as une vision tellement sinistre du monde…

— Tu trouves ? Je ne le pense pas. Je pense que ce qui est sinistre, c'est la façon dont les mots sont devenus bon marché. Nous les prononçons sans même nous demander ce qu'ils signifient. Ou ce qu'ils devraient signifier. Peut-être que si nous le faisions, des gens comme nos parents ne pourraient pas exister dans un tel déni de leur propre comportement.

— Tu crois qu'ils sont dans le déni ?

— Je l'espère. Parce que si l'un ou l'autre est conscient de son degré de dépravation, de faillite morale, et choisit de suivre cette voie malgré tout, je trouve cela infiniment plus inquiétant.

— Je suppose que tu as raison, murmura Eloïse, glacée jusqu'au fond de l'âme.

Cette discussion lui montrait Vincenzo sous un angle nouveau. Elle s'était demandé pourquoi il voulait cet enfant alors qu'il avait toujours été contre l'idée de devenir père. Pourquoi il était venu la chercher. Pourquoi il voulait l'épouser. En fait, c'était un homme d'une grande profondeur et d'une grande sensibilité – même si, ironiquement, il ne se voyait pas comme tel – qui souhaitait comprendre l'amour avant de le déclarer.

C'était le prix à payer pour cet homme. Elle s'était bâti une vie simple ; or rien ne serait jamais simple avec Vincenzo. Elle laissa cette vérité pénétrer profondément à travers sa peau, dans son sang, ses os. Être avec lui serait un choix qui l'emmènerait loin de sa zone de confort. Mais peut-être était-elle prête, à présent, assez forte pour être avec lui.

Mue par un élan spontané, Eloïse déposa un baiser léger sur la bouche de Vincenzo. Il se figea, l'air étonné.

— Je souhaite faire un tour dans la *troïka*, déclara-t-elle.

— Quelle *troïka* ?

— C'est un cadeau absurde de l'un de tes amis. Tiens, parle-moi d'eux.

— Il n'y a pas grand-chose à dire. Nous nous sommes rencontrés à Oxford. Nous sommes des hommes riches et puissants liés par des douleurs similaires, des blessures laissées en nous par nos parents. Nous avons donc chacun nos difficultés à surmonter et nos démons à combattre. On peut avoir le monde à ses pieds et manquer de beaucoup de choses.

Eloïse hocha la tête, le cœur serré, compatissante. Aussitôt, comme s'il s'était trop livré, Vincenzo se leva.

— Si tu veux faire un tour de traîneau, je te suggère d'aller te préparer, reprit-il d'un ton neutre. On se retrouve dans une heure.

Puis, de sa démarche féline, il quitta la salle à manger, laissant Eloïse seule au milieu de ses cadeaux.

12.

Quand Eloïse apparut, ce fut pour Vincenzo comme si le soleil sortait de derrière les nuages. Elle portait une toque blanche en fourrure, et un long manteau blanc assorti avec de la fourrure sur les revers. Debout dans le froid, les joues rougies, des mèches de cheveux blonds s'échappant de sa toque, elle ressemblait à une reine des neiges.

Quand elle l'avait embrassé, à la fin du petit déjeuner, il lui avait fallu faire appel à tout son *self-control* pour ne pas débarrasser la table d'un revers du bras et prendre Eloïse dessus. Or il essayait de la convaincre de l'épouser, et se comporter comme un sauvage lubrique avec une femme enceinte n'était peut-être pas la meilleure des stratégies… Il devait lui montrer qu'ils étaient liés par quelque chose qui allait au-delà de la simple attirance mutuelle, car il avait compris que c'était ce qu'elle attendait de lui. L'attirance était là, il n'y avait aucun effort à faire ; mais s'il voulait qu'elle dise « oui », cela ne suffisait pas…

Il avait fait préparer et emballer un grand déjeuner, et placer des thermos de chocolat chaud à l'avant du traîneau. L'un des chevaux secoua la tête, balançant sa crinière couleur caramel. Les clochettes accrochées à son harnais de cuir rouge tintèrent. Une joie enfantine brillait dans les yeux d'Eloïse, qui visiblement ne se lassait pas d'admirer la somptueuse *troïka* sculptée et dorée à la feuille d'or offerte par Jag.

— C'est magnifique ! dit-elle d'une voix émerveillée. Un vrai Noël de rêve.

Vincenzo avait remarqué, lorsqu'ils avaient pris son jet privé, qu'Eloïse ne semblait pas habituée au superflu. Elle avait été élevée au palais, et pourtant, elle ne semblait pas prendre le luxe pour un dû. Peut-être était-ce parce qu'elle avait été maintenue à distance, un peu comme un gamin qui fantasme le nez collé contre la vitrine d'un magasin de jouets. Cela donnait à Vincenzo une furieuse envie de lui offrir tout ce dont on l'avait privée.

— On peut faire confiance à Jag pour être dans l'excès, ironisa-t-il.

— C'est merveilleux. J'adorerais que le poney de Zeus dirige l'attelage.

— Il devra se contenter d'un rôle dans une scène de crèche vivante, c'est peut-être plus dans ses cordes, plaisanta Vincenzo.

— Pourquoi un poney ? demanda Eloïse en souriant. Une blague entre vous ?

— Même pas. Zeus pense que toutes les femmes aiment les poneys.

Elle laissa éclater son rire cristallin.

— Il n'a peut-être pas tort.

— Il te répondrait qu'il n'a jamais tort.

— Et qu'en penses-tu ?

— Je pense qu'il n'a tort que lorsqu'il n'est pas d'accord avec moi, déclara-t-il, pince-sans-rire, ce qui dessina un nouveau sourire sur les lèvres d'Eloïse.

Ils grimpèrent dans la *troïka.* Vincenzo disposa sur les genoux de sa belle Américaine l'épaisse, moelleuse et douce couverture gris chiné.

— Merci, dit-elle, les yeux rivés sur les siens. Personne n'a jamais pris soin de moi, avant.

— N'était-ce pas votre commande au Père Noël ?

— Si ! s'exclama-t-elle en riant.

Il s'installa à côté d'elle et saisit les rênes.

— Tu sais manœuvrer un traîneau russe ?

— Un prince doit savoir faire beaucoup de choses. Et il ne s'agit ni plus ni moins que de diriger des chevaux.

Il mit l'attelage en mouvement. Le traîneau se déplaçait en douceur dans la neige. Ils s'éloignèrent de l'enceinte du palais, en direction de l'épaisse forêt de pins qui bordait le domaine royal. Eloïse regardait autour d'elle avec une expression émerveillée.

— Je m'attends presque à voir surgir des rennes et des lutins, plaisanta-t-elle.

Vincenzo était heureux de la voir d'humeur si légère et joyeuse. Pourtant, quelques instants plus tard, ce fut d'un ton plus sérieux qu'elle affirma :

— Je me réjouis que ton père ait perdu le trône. Et que ma mère ait enfin perdu sa position au palais. Du coup, je me demande à quoi a servi ma thérapie si je prends autant de plaisir à leur chute.

— Cela ne fait pas de toi un monstre, juste un être humain.

— Ce n'est pas très confortable, d'être un humain. Je crois que j'ai essayé très fort de ne pas l'être.

— Qu'est-ce que tu veux dire ?

— Partir seule, me réfugier dans le jardinage et la vie champêtre, c'était pour ne pas devenir vulnérable.

— On peut difficilement te reprocher de ne pas vouloir l'être !

— Peut-être. Mais je me demande ce que j'ai manqué. Et dans quelle mesure je n'ai pas été trop longtemps dans le déni de ma nature humaine. Je ne pense pas être à moitié aussi bienveillante que je le laisse croire. Quand nous nous sommes revus chez moi, il y a quelques mois, je me suis dit que je t'accompagnais en tant qu'amie. Mais j'ai compris ensuite que je me réjouissais de la déchéance de nos parents. Et je te jugeais tellement ! Je me sentais au-dessus de toi. Je me sentais meilleure que toi, mais ce n'était pas juste.

— Ne t'inquiète pas pour ça. Je me sens meilleur que la plupart des gens.

Eloïse éclata de rire.

— Pourquoi ne suis-je pas étonnée ?…

Ils laissèrent de nouveau le silence les envelopper tandis que la *troïka* s'enfonçait entre les arbres au son des clochettes.

— Nous promènerons le bébé comme ça pour Noël, dit Eloïse.

Vincenzo sentit sa poitrine se serrer.

— Tu ne penses pas que nous devrions avoir des traditions de Noël ? reprit-elle.

C'était la première fois qu'elle parlait vraiment comme si elle allait rester.

— Et comment saurons-nous quelles traditions sont importantes ? demanda-t-il.

— Eh bien…, commença-t-elle, comme si elle réfléchissait à sa réponse, je pense que nous devrions essayer de nous souvenir des manques que nous avons ressentis lorsque nous étions enfants. Et s'assurer que notre enfant ne vive pas la même chose.

— Une longue liste…

Il se demanda soudain s'il n'avait jamais voulu d'enfant parce qu'il voulait mettre fin à sa lignée, ou si c'était parce qu'il avait peur. Peur de ne pas être à la hauteur, lui qui n'avait pas eu un vrai père.

Il voulait être le type de père qui se souciait des autres, et de ses proches au premier chef. Toutefois, il n'avait aucune idée réelle de ce que cela signifiait.

À cet instant, il prit la décision de lui montrer quelque chose qu'il n'avait jamais montré à personne. Il fit bifurquer le traîneau. Ils sortirent du couvert des arbres et le vent devint plus présent. Ils se rapprochaient des montagnes. Au bout de quelques minutes, Vincenzo prit un virage et mit les chevaux au galop. Il vit l'effroi envahir le visage d'Eloïse à mesure que le traîneau s'approchait du précipice.

— Vincenzo !

— Ne t'inquiète pas.

Au moment où la bouche d'Eloïse s'ouvrait, tandis que ses yeux s'écarquillaient, Vincenzo arrêta l'attelage – juste avant qu'elle ne pousse un cri d'horreur, devina-t-il.

Ils étaient au bord d'un ravin qui surplombait un lac de cristal, dont la surface gelée étincelait sous le soleil.

— C'est magnifique, n'est-ce pas ?

— Oui, répondit Eloïse, qui ne semblait pas encore tout à fait remise de ses émotions. Quel est cet endroit ?

— J'avais l'habitude de venir ici quand j'étais enfant. Un lieu sauvage et préservé d'Arista. Pour autant que je sache, il n'y a pas de chemin pour descendre jusqu'au lac. J'ai essayé des dizaines de fois d'y parvenir quand j'étais gosse, en vain. Je voulais faire partie de la nature. Mais surtout, je voulais échapper à l'oppression du palais. Je venais ici, je m'asseyais et je cherchais comment m'échapper. Mais il n'y avait aucun moyen. Alors je faisais demi-tour et j'acceptais d'affronter le mal qui régnait dans mon monde. Je ne pouvais pas m'enfuir dans le monde sauvage. Il n'y avait pas de chemin.

— Cela devait être terrifiant de réaliser cela si jeune…

— Tu sais quand j'ai compris que mon père était mauvais ?

— Non.

Il n'avait jamais raconté cette histoire à personne. Pas même à Rafael, Jag et Zeus.

— Il avait pris des mesures drastiques contre l'importation, la production et la consommation de boissons alcoolisées. Mais lui continuait à boire du vin à tous les repas et à servir des digestifs millésimés hors de prix à ses invités. Quand je l'ai interrogé à ce sujet, il m'a dit que certains hommes faisaient les règles et que d'autres devaient les respecter. Au fond de mon âme, je savais que c'était mal ;

qu'il était injuste que l'on vive d'une certaine manière au palais et d'une autre en dehors. Il ordonnait simplement pour le plaisir de contrôler, non par conviction. Au début, je voulais m'enfuir. Mais j'ai réalisé que quelqu'un devait réparer ces injustices. Plus je grandissais, plus je voyais de contradictions entre les règles que mon père édictait et la façon dont il vivait. Et personne n'a rien fait pour l'arrêter. J'ai réalisé que si quelqu'un devait le faire, c'était moi.

Eloïse hocha lentement la tête.

— Quelle terrible prise de conscience !

— On ne peut pas toujours attendre que les autres règlent les problèmes à notre place. Il faut agir. Chacun à sa mesure. Les problèmes de tous sont les problèmes de chacun.

— Tu es un homme bon, sous ton masque de dureté. Et tu es aussi un guerrier.

Vincenzo ne savait pas quoi répondre, alors il se concentra sur le paysage. Puis il posa les yeux sur elle, attiré par une force magnétique. Il s'efforça de se contrôler, de résister. Il n'avait été question que d'une promenade en traîneau, rien de plus…

— Nous devrions rentrer, dit-il soudain.

— Nous n'avons même pas bu de chocolat chaud !

— Je ne veux pas que tu prennes froid.

— Je vais bien. Je suis enceinte, pas malade.

Enceinte… De son enfant. Ils étaient vraiment à la veille d'un changement majeur. Pas les rêves d'évasion et de liberté qu'il nourrissait plus jeune, pas la vie simple que prônait Eloïse : non, c'était autre chose qui se profilait. Quelque chose qu'il ne comprenait pas, qu'il ne parvenait pas à s'imaginer. Il n'avait jamais rien vécu de tel dans sa vie.

Soudain, il avait envie de serrer Eloïse fort dans ses bras. Autour de lui, le monde semblait précaire, dangereux. Les arbres dont les branches ployaient sous le poids de la neige pouvaient se briser, le précipice à leurs pieds s'ouvrir, le lac en contrebas les engloutir. La nature sauvage qu'il avait voulu lui montrer paraissait pouvoir se rebeller contre eux. Il était conscient tout à coup de la fragilité d'Eloïse – une grossesse pouvait mal se terminer – et de la sienne. Le paysage d'un blanc immaculé était menaçant, à présent.

Quelques mois auparavant, il s'était préparé à la séduire, à l'inclure dans sa stratégie de vengeance. Ils avaient fait l'amour alors qu'ils étaient tous les deux chauffés à blanc par la bataille, le frisson de la victoire.

Et maintenant, son désir pour elle brûlait en lui comme un monstre vorace et incandescent dont il craignait qu'il ne les consume tous les deux. Mais elle était enceinte de lui. Il ne pouvait pas la toucher.

— Allons-y, dit-il.

Vincenzo retrouva peu à peu une forme de paix intérieure à mesure qu'ils s'éloignaient du précipice. Il aurait aimé comprendre ce qui avait déclenché en lui cette panique mâtinée d'un désir violent. Mais peut-être ne valait-il mieux pas…

13.

Eloïse faisait les cent pas dans sa chambre, vêtue d'une chemise de nuit blanche, douce et vaporeuse. Les hypothèses se bousculaient dans sa tête sans qu'elle parvienne à s'expliquer l'attitude de Vincenzo. Il avait été si gentil avec elle, durant cette journée ! C'était bizarre. Parce qu'il avait beaucoup de qualités, mais il n'était habituellement ni doux ni prévenant. Pour ajouter à sa perplexité, elle l'avait embrassé le matin même et il n'avait rien fait pour donner suite à ce baiser.

Peut-être qu'elle ne lui plaisait tout simplement pas…

À bien des égards, elle ne s'était jamais sentie aussi proche de lui. Mais la chaleur lui manquait. Le feu lui manquait. Et elle espérait que ce n'était pas le compromis inéluctable, celui qui leur permettrait d'avoir des conversations, de ne pas s'embourber dans des malentendus et des récriminations, elle espérait qu'ils n'étaient pas en train de devenir… *amis !*

Non pas qu'il y ait quelque chose de mal à être amis. Mais Vincenzo avait toujours été plus que cela pour elle. Ils étaient liés par une connexion venue de nulle part, une attache magique qui avait pris racine au plus profond de son âme. Il n'avait jamais été quelque chose d'aussi tiède qu'un ami, et Eloïse ne souhaitait pas qu'il le devienne.

Non, elle voulait un brasier.

Elle se souvenait des instants sauvages qu'ils avaient partagés, excités par la guerre qu'ils avaient menée, enivrés par l'arôme puissant de la vengeance. Quelque chose dans le côté sombre et violent de cette expérience qui l'avait affectée, transformée, avait libéré une sorte de férocité en elle qui avait permis à la passion de s'épanouir.

Sur un coup de tête, Eloïse sortit de sa chambre. Elle commença à marcher dans le couloir, la gorge sèche. Son cœur tonnait dans sa poitrine.

Elle voulait Vincenzo.

Et elle voulait être courageuse.

Tout en avançant, elle essaya d'assembler les morceaux épars d'elle-même. Elle était cette femme qui aimait jardiner, qui voulait un Noël traditionnel et des fêtes d'anniversaire, qui aimait les choses douces et simples. Mais elle était aussi cette femme qui se délectait de voir ses ennemis à terre, qui voulait déchirer les vêtements de Vincenzo et qu'il fasse de même avec les siens. Elle était à la fois celle qui savait jouir de l'excitation animale qui l'embrasait au contact de Vincenzo et celle qui aimait regarder la neige tomber assise à côté de lui dans une *troïka*.

Pourtant, elle continuait à se sentir… incomplète, inachevée. Comme si Vincenzo et elle avaient choisi d'emprunter deux chemins différents, et que ces chemins ne pouvaient pas se rencontrer.

Eloïse bifurqua. Elle avait le sentiment que Vincenzo ne serait pas dans sa chambre, mais dans son bureau. C'était amusant de se promener dans le palais, à présent. Cet endroit avait toujours été rempli de vagues et sombres menaces, mais maintenant qu'il était décoré pour Noël, l'atmosphère était complètement différente. Vincenzo l'avait fait pour elle. Cela signifiait sûrement quelque chose, n'est-ce pas ? Il devait bien y avoir un peu d'émotions dans ce cadeau.

Ou alors, il essaie juste de te manipuler, lui souffla une petite voix intérieure, au moment même où elle arrivait devant la porte du bureau de Vincenzo.

La gorge serrée, elle posa la main sur la poignée.

Vincenzo était assis à son bureau. Un feu crépitait dans la grande cheminée, et elle pouvait voir la neige tomber par la fenêtre malgré l'obscurité.

— Que fais-tu ici ? demanda-t-il.

— Je suis venue te chercher.

Elle marcha vers lui.

— Est-ce que tout va bien ?

— Tout va bien. C'est juste que… est-ce que je te dégoûte, maintenant ?

— Quoi ?

— Avec ce nouveau corps, ces nouvelles formes, est-ce que je te dégoûte ? Tu n'as plus envie de moi ?

Il la fixait depuis le bureau. La lumière mouvante du feu sublimait les traits aristocratiques de son visage. Ses yeux étaient noirs comme du charbon.

— C'est ce que tu crois ? demanda-t-il avec calme.

— Oui. Je t'ai embrassé, ce matin.

— Et tu m'as demandé de t'emmener faire un tour de traîneau.

— Et tu n'as pas essayé de m'embrasser.

— Non. Mais tu ne me l'as pas demandé.

— Mais je m'attendais à ce que tu essaies et…

— Je croyais que tu voulais que je t'offre la magie Noël, la coupa Vincenzo.

— Je veux les deux. Je veux la magie de Noël et je veux que tu me regardes comme si tu voulais me dévorer. Je veux des conversations, mais je veux aussi que tu m'embrasses.

— Je n'aurais pas pu m'arrêter à un simple baiser.

— Ah bon ?

Il se leva et contourna lentement le bureau, comme un chat en maraude.

— Eloïse, reprit-il d'une voix rauque, c'est une torture d'être si près de toi et de ne pas te toucher. De voir ton corps sensuel avec la preuve que tu portes mon enfant, et de ne pas pouvoir poser les mains sur toi. Je n'ai rien voulu d'autre que de te serrer contre moi depuis le moment où je t'ai vue pour la première fois debout dans ta maison, enceinte. Mais je me suis retenu, parce que je ne voulais pas te soumettre à un stress excessif. Et je t'ai ordonné de m'épouser. Et je suis… je suis à ta merci. Je n'ose rien entreprendre, de peur que tu te refuses à moi.

— Tu as peur que je me refuse à toi ? s'exclama Eloïse, étonnée.

— Bien sûr ! Tu n'as pas accepté d'être ma femme, et tout cela ne tient qu'à un fil. L'équilibre est précaire.

De manière complètement inattendue, Vincenzo se mit à genoux devant elle. Eloïse sursauta. Du pouce, il lui massa la cheville. Puis il continua à monter, remontant sa chemise de nuit le long de ses cuisses, sur ses hanches, puis la tirant au-dessus de sa tête, la laissant complètement nue dans la lumière du feu.

Eloïse se sentait… belle. La façon dont il la regardait, dont les flammes jouaient avec ses courbes. Elle avait l'impression d'être une déesse.

— Diane, dit-il.

Cela lui fit chaud au cœur de constater qu'il pensait la même chose qu'elle : une déesse.

— La déesse de la chasse. Mais c'est moi qui t'aurais poursuivie.

— C'est moi qui suis venue dans ton bureau, murmura-t-elle dans un souffle.

— Peut-être que nous nous chassons l'un l'autre, alors…

Il s'éloigna et déboutonna lentement sa chemise, son corps baigné dans les lueurs orange de l'âtre. Il enleva tous ses vêtements. Il ressemblait lui-même à un dieu. Ou peut-être simplement… à un prédateur. Comme il l'avait avancé, peut-être qu'ils se chassaient l'un l'autre. Puis il s'approcha d'elle et l'embrassa. Mais ce n'était pas un baiser timide, pas non plus le baiser furtif échangé entre deux personnes qui peuvent être surprises à tout moment.

C'était un baiser profond et dur, charnel. Il portait en lui la promesse de tout ce qu'il venait de lui avouer. Vincenzo faisait de ses propres paroles une vérité absolue en lui dévorant les lèvres, en lui léchant la langue, en lui coupant le souffle. Il l'embrassa dans le cou, puis descendit vers ses seins. Il les prit dans ses paumes, les pressa tout doucement et joua avec ses tétons.

— Magnifique..., murmura-t-il. J'aime tes courbes. Je sais que tes formes t'inquiétaient déjà avant de porter notre bébé. Moi, je te trouve pulpeuse, féminine, exquise. Encore plus depuis que tu es enceinte.

Eloïse gémit quand il prit un de ses tétons entre ses lèvres. Ils étaient si sensibles, depuis quelques mois ! Elle sentait l'écho des caresses délicates de Vincenzo jusqu'entre ses jambes. Son désir pour lui jaillissait comme une gerbe d'étincelles. Avec sa langue, ses dents, sa bouche, il la menait au bord de la jouissance. Il déposa ensuite une ligne de baisers sur l'arrondi de son ventre. Alors, soudain, le bébé bougea. Vincenzo s'arrêta et posa sur elle un regard sauvage.

— C'était... ?

— Oui, le bébé bouge, répondit-elle doucement.

Il se leva et appuya la paume contre son ventre. Il garda le regard rivé au sien. Quelque chose gonfla dans la poitrine d'Eloïse, et elle était sûre, en sondant la profondeur des prunelles de Vincenzo, que la même chose vibrait en lui. Et elle voulait lui dire. Elle voulait *le* dire.

Parce que c'était de l'amour. C'était pur. C'était réel. C'était plus qu'une responsabilité, plus qu'un attachement : c'était un miracle.

— C'est incroyable, s'extasia Vincenzo.

— Je sais.

Il l'embrassa alors avec avidité, brisant la douceur de l'instant, et la fit reculer pas à pas vers un fauteuil, dans lequel il la poussa délicatement. Puis il s'agenouilla devant elle, lui écarta les jambes et lui posa les cuisses sur ses épaules. Il entreprit alors de lui donner du plaisir avec sa bouche et sa langue. Il semblait possédé, faisant monter le plaisir d'Eloïse comme si sa vie en dépendait. Elle se cambra contre lui. Ce fut la combinaison de ce moment fabuleux et de la magie complice qui l'avait précédé qui emporta Eloïse. Elle cria son plaisir dans un long sanglot.

Vincenzo se releva, la souleva du fauteuil, lui enroula les cuisses autour de ses hanches et s'assit. Elle était assise sur lui. D'une longue poussée, il la pénétra. Encore agitée de frissons, Eloïse laissa sa tête basculer en arrière tandis que, agrippé à ses hanches, Vincenzo la comblait avec fougue de profonds va-et-vient. Elle s'abandonna. À la douceur combinée à la passion. Au besoin combiné au désir. Cet homme était le père de son enfant, son futur mari, son amant. Il était tout. C'était un guerrier, un protecteur.

Quand un orgasme dévastateur se déclencha dans son corps et dans son âme, il éclata derrière ses paupières en un feu d'artifice multicolore, avec des tons vifs et brillants, doux et pastel, sombres et denses. Pour la première fois, elle comprit ce que cela signifiait d'être Eloïse. Pas une Eloïse ignorée, pas une Eloïse cachée, une Eloïse qui s'assumait, aux commandes de sa vie et de ses désirs.

Dans un grand spasme de tout son corps, Vincenzo la rejoignit dans la félicité. Leurs regards se croisèrent. Alors, enfin, elle se sentit entière, rassemblée.

Il posa la tête au creux de son cou et chuchota :

— J'aime l'odeur des roses…

Eloïse ne savait pas ce que signifiaient ces mots, mais elle trouva que cela ressemblait à une déclaration.

— Vincenzo, susurra-t-elle en retour, je t'épouserai.

14.

Lorsque le dernier de ses trois amis fut connecté, Vincenzo, le regard rivé à la caméra de son ordinateur, attaqua sans préambule :

— Eloïse et moi allons nous marier la veille de Noël.

— Vincenzo Moretti est arrivé à ses fins ? Quelle surprise ! ironisa Jag.

— C'est grâce à mes stock-options, affirma Rafael.

— Je pense que nous savons tous que c'est grâce au poney, intervint Zeus.

— C'est grâce à la *troïka*, déclara Vincenzo.

— C'est bizarre, je ne connais pas cette position…, plaisanta Zeus.

— Je vous préviens : il n'est pas question que vous ne soyez pas tous présents !

— Si tu risquais la prison à vie, je ne serais jamais bien loin du tribunal, dit Jag. Donc je serai à ton mariage.

— Joliment formulé, admira Zeus.

— Tu fais ce qu'il faut, dit Rafael. Il est normal que tu épouses la mère de ton enfant. L'honneur est tout ce qu'un homme possède.

La conversation se poursuivit, entre chamailleries et taquineries. Lorsqu'il raccrocha, Vincenzo songea que son amitié avec ces trois lascars avait été la seule bonne chose dans sa vie. Avant sa rencontre avec la nouvelle Eloïse.

Il ne restait que trois jours avant le mariage. Il avait

l'intention d'organiser une cérémonie imposante, féerique, afin de ravir Eloïse. Car il avait découvert que c'était ce qui le motivait le plus : qu'Eloïse soit heureuse, rayonnante. Il avait commencé à vouloir des choses non pas pour lui, pas non plus pour le bien de tous, mais pour elle. Quand il était dans ses bras, ce qui semblait vague devenait encore clair. Comme si l'intangible prenait soudain un sens qu'il n'avait jamais eu auparavant.

L'évidence.

Celle qu'il avait ressentie quand il avait posé la main sur le ventre d'Eloïse et senti le bébé bouger…

Il quitta son bureau et descendit dans la salle à manger pour le dîner. Eloïse l'y avait précédé. Elle bavardait avec Elizabeth, la gouvernante. Le sourire qu'elle arborait le pétrifia. Elle était radieuse, mais il y avait quelque chose de plus, dans l'éclat de son expression, le brillant de son regard. Il ne pensait pas avoir déjà vu quelqu'un d'aussi heureux dans ce palais.

Peut-être que tout irait bien, finalement…

Il avança dans la pièce. La gouvernante se retira avec tact, les laissant en tête à tête.

— Tout suit son cours pour le mariage, annonça-t-il.

— Super ! s'exclama Eloïse. Un mariage la veille de Noël, c'est tellement excitant !

Elle rayonnait. Elle était si belle ! Vincenzo allait le lui dire quand Pietro entra, une enveloppe à la main.

— Un message pour vous, madame Eloïse.

— Oh ! Merci, Pietro.

Elle prit l'enveloppe et la décacheta tandis que le vieil employé sortait de la pièce. Elle commença à lire et blêmit aussitôt. Le souffle de Vincenzo se bloqua dans sa poitrine. C'était comme si une lumière s'était subitement éteinte en elle.

— Qu'est-ce qu'il se passe, *cara* ?

— Ce n'est rien, répondit-elle la lettre serrée dans son poing.

Il tendit la main. Eloïse secoua la tête. Il insista en lui faisant les gros yeux. Elle céda et plaça la lettre dans sa paume. Il la défroissa. Son sang se transforma en glace.

Félicitations pour t'être prostituée à la royauté. Tu penses vraiment être différente de moi ? Tu es intelligente, cependant : tu portes l'héritier. Mais vous avez l'air ridicules, désormais, tous les deux, avec vos beaux principes. Tu n'es pas différente. Souviens-toi juste de ça.

La lettre était signée Cressida St. George.

— Quelle hyène ! cracha-t-il, méprisant.

— Elle n'a pas tort. Sauf… qu'elle a tout faux.

Eloïse semblait tellement triste, à présent. Il détestait Cressida au-delà des mots pour être capable de faire autant de mal à sa propre fille.

— Explique-toi.

— Ce n'est pas la même chose entre nous qu'entre elle et ton père. Et je ne porte pas cet enfant pour avoir ton argent. Tu le sais, n'est-ce pas ?

Vincenzo n'avait aucun doute sur l'honnêteté d'Eloïse. D'ailleurs, s'il n'était pas retourné en Virginie, il n'aurait jamais su qu'elle attendait leur enfant. Mais c'était terrible de lui voir ce regard hanté, de constater combien cette lettre la blessait profondément. Et il se sentait un peu responsable de cette douleur.

— C'est horrible d'être ici ? demanda-t-il.

— Ce n'est pas mon endroit préféré sur Terre, je ne vais pas te mentir… Mais je n'ai nulle part ailleurs où aller.

Il serra les dents, avec l'impression d'avoir reçu un coup de couteau. Dans son esprit, il la voyait de retour dans son jardin, entourée de ses fleurs. C'était là qu'elle serait sans lui, sans toute cette histoire de vengeance. Elle avait été courageuse, une vraie guerrière, ne s'était jamais plainte, alors qu'elle n'avait pas choisi cette voie. Lui, oui. Ou plutôt, il y avait été inévitablement poussé depuis l'enfance.

Mais elle voulait de l'amour.

Et il ne savait pas ce que c'était.

Les maux du passé seraient toujours là. Cette lettre venait de le prouver.

Il l'avait entraînée en enfer avec lui, et il ne savait pas quoi faire de cette découverte subite.

— Je dînerai dans mon bureau, ce soir, dit-il brusquement.

Puis il tourna les talons et sortit. Il se sentait lâche. Inutile.

Un imbécile.

Mais il n'y pouvait rien.

15.

Eloïse attendait dans sa chambre l'arrivée du médecin qui allait l'examiner pour déterminer comment se déroulait sa grossesse. Être sur le point de devenir reine avait quelques avantages : elle n'avait pas eu à se déplacer. Elle voulait que le sexe de l'enfant reste une surprise, mais faire une échographie à ce stade pourrait le révéler. Elle priait pour que cela n'arrive pas, tout en se demandant si Vincenzo se connecterait encore plus à l'enfant s'il le voyait sur un écran, et si son attachement serait différent en fonction du sexe du bébé.

Depuis deux jours, il était distant avec elle. Elle ne comprenait pas pourquoi, à la veille de leur mariage, son prince était soudain redevenu de marbre avec elle. Ils étaient presque devenus amis, et puis ils avaient fait l'amour au coin du feu et leur relation avait pris une autre couleur. Alors pourquoi ce froid ? C'était troublant et bouleversant, d'autant qu'elle n'avait aucune idée de la manière dont elle pourrait renouer le lien.

« Qu'est-ce que l'amour ? », lui avait-il demandé. Elle avait réfléchi à la question et n'avait pas vraiment de réponse. En revanche, elle savait qu'elle l'aimait. Et elle savait qu'il aimait aussi déjà leur enfant. Elle l'avait vu dans ses yeux quand il avait posé la main sur son ventre et que le bébé avait bougé.

Tu dois lui dire.

Cette perspective l'effrayait. Parce qu'elle le lui avait déjà avoué, quand elle avait dix-huit ans. Elle avait essayé de forger ce lien entre eux, qu'il ne ressentait pas à l'époque. Le souvenir de cette humiliation, de cette tristesse, était vif. Et elle ne voulait pas en faire l'expérience à nouveau.

Mais quel autre choix avait-elle ?

Elle avait eu un moment de plénitude. Elle avait été la vraie Eloïse, entière, et non l'Eloïse fragmentée par les soubresauts de son existence. Alors était-elle condamnée à ne vivre qu'en tâchant de faire tenir ensemble les morceaux épars de sa personnalité, ne ressentant ce sentiment merveilleux d'être entière que lorsque Vincenzo était en elle ? Ce n'était pas une fatalité. Elle pressentait qu'elle pourrait être une Eloïse harmonieuse tout le temps.

Il fallait seulement avouer ses sentiments.

Le jeu n'en valait-il pas la chandelle ?

Il ne s'agissait que d'émotions, après tout. Et quoi qu'il arrive, elle pourrait survivre.

Elle fut tirée de ses pensées par des coups frappés à la porte. Elle fit entrer le médecin. Vincenzo apparut à la suite de celui-ci, sombre et glacial – comme à son habitude depuis deux jours, voire plus farouche encore…

Lorsque le son des battements de cœur du bébé remplit la pièce, Eloïse se laissa envahir par la félicité. Puis elle tourna la tête vers le moniteur et vit le dessin de sa petite tête, un bras posé juste à côté de son visage.

— Vincenzo…, chuchota-t-elle.

Elle n'avait pas vu le fœtus depuis quelques mois, et c'était incroyable à quel point il ressemblait à un bébé, désormais.

— Oh ! Vincenzo.

Elle l'entendit s'approcher du lit sur lequel elle reposait, puis le sentit se mettre à genoux à côté. Elle le regarda. Ses yeux sombres étaient rivés à l'écran. Le médecin bougeait lentement le doppler sur son ventre, passant en revue différentes parties du corps du bébé : ses jambes, ses pieds, son abdomen, sa tête.

Vincenzo ne disait rien, le visage figé en une expression qui mêlait terreur, admiration et respect. Elle ressentait la même chose.

— Voilà, reprit-elle, toujours à voix basse, c'est *ça*.

Elle avait insisté sur le « ça » et savait qu'il comprenait ce qu'elle voulait dire. L'amour. Elle le voyait dans ses yeux. Et elle le sentait se refléter en elle. Cette chose terrifiante, importante et merveilleuse.

— Voulez-vous connaître le sexe ? demanda le praticien.

— Non ! dit Vincenzo d'une voix étrange. Non, merci.

Une fois l'examen terminé et le matériel médical rangé, le médecin salua Eloïse et se dirigea vers la porte. Vincenzo lui emboîta le pas.

— Reste avec moi ! lui lança-t-elle.

Il s'arrêta net. Skerret choisit ce moment pour sortir de sous le lit et sauter sur le matelas.

— Je crois que Skerret réclame ton affection, dit-elle.

Comme si elle avait compris sa maîtresse, Skerret sauta du lit et se faufila entre les jambes de Vincenzo. Eloïse sourit, amusée.

— Je crains de décevoir ton chat sur ce point, répliqua-t-il.

— C'est un chat de gouttière que j'ai recueilli. Il est habitué à être déçu. Il t'aura à l'usure.

Elle eut l'impression d'avoir parlé d'elle-même et non de Skerret. Heureusement, Vincenzo ne releva pas.

— Comment vas-tu depuis la lettre de ta mère ? demanda-t-il.

Elle fronça les sourcils, troublée par cette marque d'attention dont elle n'avait plus l'habitude depuis deux jours.

— Oh ! Je m'attendais à sa réaction. Elle est rancunière. Cela n'a rien à voir avec nous. Rien à voir avec nos projets.

— Je pense que nous ne devrions pas nous marier.

— Quoi ? ! s'exclama Eloïse.

Elle avait le souffle coupé, comme s'il l'avait frappée physiquement.

— Je pense que nous ne devrions pas nous marier. Et que tu devrais retourner en Virginie.

Ses mots étaient aussi durs que l'expression de son visage. Elle avait le sentiment douloureux que le monde venait de perdre tout son sens.

— Tu es… en colère contre moi ?

La seule explication qui lui venait à l'esprit était qu'elle avait fait quelque chose de mal. Une fois de plus. Il l'avait déjà renvoyée une fois en lui proposant de l'argent parce qu'il avait cru le pire d'elle. Quelque chose s'était-il produit à nouveau ?

— Vincenzo, dit-elle, une note de supplication dans la voix. Qu'est-ce qu'il y a ? Tu sais que je suis… Tu sais que je tiens à toi…

— Ce n'est pas toi, mais cet endroit. Il y a du poison dans ces murs. Et aucune décoration de Noël ne pourra rien y faire. Tu mérites mieux que ça. Notre enfant mérite mieux que ça.

— Mieux que d'être l'héritier d'un trône ? Mieux que ce pays ? Mieux que d'avoir son père ?

Eloïse s'efforçait de refouler les larmes qui lui montaient aux yeux.

— Je serai toujours son père. Mais si nous ne nous marions pas, alors il n'est pas l'héritier. Si nous ne nous marions pas, alors tout se passera comme prévu de mon côté, et tu n'auras pas à passer ta vie piégée ici.

— Ai-je dit que j'étais piégée ?

— Non. Mais je le vois. Même si toi, tu ne le vois pas.

La colère bouillonnait en elle. Il parlait de murs, mais le seul mur ici, c'était lui ! Il était si dur. Et il ne voulait pas lui dire la vérité. Il était fermé et impitoyable. Comment était-elle censée réagir ?

— Tu… Espèce de salaud ! Je ne t'ai rien demandé de tel ! Comment… comment peux-tu réagir ainsi, alors que tu viens de voir notre enfant ?

— Je dois le faire. Je dois juste le faire, c'est tout.

— Je t'aime, Vincenzo, avoua-t-elle, le menton levé. Je ne te l'ai pas dit avant, parce que tu as besoin de savoir pourquoi, comment, de connaître ma définition de l'amour ; tu as besoin d'explications rationnelles et logiques. Mais c'est quelque chose que j'ai dans le sang. Quelque chose qui fait autant partie de moi, de ma personnalité. Je ne peux pas te l'expliquer. Je ne peux pas le définir. Je peux seulement te dire ce que je ressens. Ce qui fait battre mon cœur. Et c'est de l'amour pour toi. Un amour qui est là depuis plus de dix ans. Je t'aime. Plus j'apprends à te connaître, plus je le ressens. Et c'est plus que simplement vouloir prendre soin de toi, te protéger ou coucher avec toi. Je porte en moi une partie de toi. Cette preuve de la passion entre nous…

— Quelle preuve ? la coupa-t-il, glacial. Je suis le résultat de l'union entre mon père et ma mère. Mais il n'y avait pas d'amour entre eux. Et ton père ? Tu ne l'as jamais rencontré. Ce n'est pas une preuve d'amour, Eloïse. C'est simplement une conséquence du sexe.

— Mais l'enfant…

— Je ne ressens pas ce… ce *truc* que tu ressens, que tu appelles amour. Et je refuse que notre enfant grandisse dans les mêmes conditions que nous.

Eloïse baissa la tête, vaincue. Il n'avait rien ressenti. Elle s'était illusionnée. Il n'avait rien ressenti non plus pour leur enfant.

— C'est peut-être parce que je ne l'ai jamais croisé ce sentiment, que je n'en ai jamais vu autour de moi.

— Moi non plus. Mais je sais le reconnaître quand je le vois, quand il me traverse et m'habite. Alors pourquoi pas toi ?

— Peut-être que je suis plus brisé que toi ; bien plus abîmé.

— Et tes amis, tu ne les aimes pas ?

— C'est différent.

— Non. Tout vient d'ici, affirma-t-elle en appuyant la main sur son torse, au niveau du cœur. Et comment peux-tu penser qu'il n'y a pas d'amour, ici ?

— Je vais te renvoyer en Virginie.

— Non. Tu ne peux pas me contraindre.

— Alors tu vivras ici comme quand tu étais enfant. Ignorée. Indésirable. De trop. C'est ce que tu veux ?

Elle recula en titubant. C'était comme si le sang s'était retiré de son visage. Comme si Vincenzo lui avait porté un coup fatal et qu'elle se voyait mourir.

— Vincenzo…

— Je vais faire préparer le jet.

— Vincenzo !

Elle avait hurlé, pour le faire réagir, pour tâcher de l'ébranler, mais il restait là, impassible, immobile comme une statue.

— Ce n'est pas cet endroit qui est un poison, Eloïse. C'est moi. C'est mon sang. Et je ne nous empoisonnerai pas tous.

Eloïse se tenait devant la porte de son cottage, la cage de Skerret à la main, hébétée. La neige tombait doucement autour d'elle. Elle n'avait aucun souvenir du vol.

Elle entra et referma derrière elle. Le coin où se trouvait son sapin de Noël était vide. Elle réalisa qu'il était resté au palais. Alors, elle fondit en larmes.

Son cœur était brisé. Elle avait perdu Vincenzo, et rien ne serait plus jamais à sa place dans ce monde dévasté.

Tu as ton bébé, songea-t-elle.

Oui, elle avait son bébé. Et sa vie simple. Mais cela ne

lui suffisait plus. Elle avait appris à vouloir plus. Elle avait appris à vouloir tout.

Et se retrouver avec seulement une moitié d'existence était insupportable.

16.

Vincenzo ne s'attendait pas à ce que ses amis débarquent en avance et à l'improviste. Lorsqu'ils entrèrent tous les trois dans son bureau, il était prostré devant son écran, épuisé, débraillé et légèrement ivre.

— Qu'est-ce que c'est que ce bazar ? lança Zeus en grimaçant.

— Rien, dit-il, en se levant péniblement. Qu'est-ce que vous…

— Menteur ! le coupa Rafael. Tu as une sale tête. Et tu sens encore plus mauvais.

— Où est ta femme ? demanda Jag.

— Elle n'est pas ma femme.

— Quelque chose a changé, alors, dit Rafael.

— Rien n'a changé. J'ai simplement réalisé que je lui proposais seulement de vivre ce que nous avions déjà enduré en tant qu'enfants. Ce n'était pas juste. Je l'ai renvoyée chez elle.

— Tu as fait quoi ? s'écria Jag, l'air outré. Tu as renvoyé ta fiancée enceinte chez elle la veille de ton mariage ?

— Je devais le faire.

— Ah bon ? ironisa Rafael. Tu en es sûr ?

— Je ne vous demande pas de me croire, mes amis. En fait, je ne vous demande rien du tout. Et encore moins d'être tous les trois dans mon bureau.

— Dommage pour toi, intervint Zeus. Mais c'est à ça que servent les amis : t'aider à te ressaisir.

— Je vais bien. J'ai fait ce qu'il fallait.

— Non, asséna Rafael d'une voix ferme. Tu n'as pas fait ce qu'il fallait, tu es allé à la facilité. Tu as vu Eloïse se débattre, et plutôt que de faire quelque chose pour y remédier, tu l'as envoyée hors de ta vue. Plutôt que de transformer cet endroit pour qu'il ne soit plus le même que celui dans lequel vous avez grandi, tu as éloigné celle qui était prisonnière en même temps que toi. Et tu vas faire quoi, maintenant ? Te noyer dans l'alcool et dans ton chagrin ?

— Comment osez-vous me faire la leçon à propos de mes sentiments ?

— Tu n'as pas de sentiments, affirma Zeus. Tu es un lâche, pas un roi.

— Et vous, vous êtes dans mon palais !

— Pour quelqu'un qui ne voulait pas du trône et qui voulait abolir la royauté, tu en es arrivé bien vite à considérer cet endroit comme *ton* palais, nota Jag, avec une perspicacité qui heurta Vincenzo.

— Et vous auriez voulu que je fasse quoi ? s'agaça-t-il. Que je garde auprès de moi une femme qui affirme qu'elle m'aime alors que je ne peux pas lui offrir la même chose en retour ?

Zeus leva un sourcil.

— Je ne suis pas du genre à défendre l'institution du mariage ou l'amour, mais je ne comprends pas pourquoi tu restes là comme le dernier des idiots, persuadé que la femme qui porte ton enfant et qui est amoureuse de toi est une énigme impossible à résoudre.

— Pour elle. C'est son bonheur que j'ai en tête.

— Tu es sûr que ce n'est pas plutôt le besoin de te protéger, que tu as en tête ? dit doucement Jag.

Vincenzo leva les yeux au ciel. Il en avait entendu assez. Il n'avait plus aucune envie d'essayer d'expliquer la situation à ces trois têtes de mule. Il se dirigea vers la porte, attrapa son manteau au passage et sortit.

Dans un état second, Vincenzo avait marché dans la neige jusqu'à atteindre son endroit secret, sur la colline qui surplombait le lac gelé. Le vent soufflait fort et les flocons lui piquaient le visage. Mais il s'en fichait.

— Eloïse, dit-il.

C'est ça.

Il ne comprenait toujours pas ce qu'elle avait voulu dire. Parce que tout ce qu'il ressentait était de la douleur. La même douleur qui pulsait dans sa poitrine depuis qu'il était enfant.

Quand il regardait sa mère et la voyait triste.

Quand il regardait son père et ne le trouvait pas à la hauteur.

Quand il se sentait seul.

Quand il était délaissé.

Ce sentiment était…

Il pensa à nouveau à sa mère, et une grande douleur éclata dans sa poitrine.

C'est ça.

Il identifia ce sentiment comme étant du chagrin. Pas de l'amour. Et puis il vit le visage de sa mère.

— Je t'aime.

Les mots étaient sortis tout seuls de sa bouche tandis que l'image de sa mère flottait devant ses yeux.

Mais c'était douloureux.

Personne ne le lui avait jamais dit. Personne, à part Eloïse.

Soudain, même au milieu de la neige, c'était comme s'il pouvait sentir l'odeur des roses. L'odeur du jardin qui entourait un certain cottage en Virginie.

Alors il sut. Avec certitude. Ce n'était pas la vie simple

qui l'appelait. C'était Eloïse. Si on y ajoutait l'amour, l'équation devenait simple à résoudre.

L'amour avait toute sa vie pris l'apparence du chagrin parce qu'il n'y avait eu personne pour le lui rendre. Et quand il avait regardé son propre enfant pendant l'échographie, il avait ressenti cette même douleur parce qu'il ne s'était pas senti capable d'y faire face.

Mais Eloïse avait raison : c'était de l'amour. Et c'était beaucoup plus grand, fort et intense que ce qu'il avait jamais osé imaginer. Parce que la douleur l'avait aveuglé.

Il l'aimait.

Il aimait Eloïse. Il aimait leur bébé.

Il avait aimé depuis le début. Il avait aimé sa mère, qui ne le lui avait jamais dit, car elle se complaisait dans son propre chagrin. Il avait aimé son père, même en sachant que l'homme était loin d'être parfait.

L'amour avait toujours été en lui.

Et maintenant, il avait enfin une chance de prendre d'autres habits que ceux de la douleur. Du moins si Eloïse ne le détestait pas…

Il espérait que ce ne serait pas le cas, car avoir fait tout ce chemin personnel pour perdre l'amour à nouveau serait insupportable.

Il bondit sur ses pieds et retourna au palais à grandes enjambées, complètement insensible au froid. Il savait ce qu'il allait faire. Et il aurait besoin de ses amis.

17.

Eloïse n'avait pas installé de nouveau sapin de Noël, et elle le regrettait légèrement. Il n'y avait aucune raison d'aggraver la situation en se refusant ce petit plaisir, après tout. Et pourtant, une partie d'elle le souhaitait, voulait se complaire dans la douleur de ne pas avoir Vincenzo auprès d'elle.

Elle l'aimait. Et le fait qu'il l'ait traitée de manière aussi cavalière n'y changeait rien.

C'était la veille de Noël, et elle était malheureuse.

Skerret était assise au coin du feu, sur la petite couverture qu'elle lui avait tricotée, aussi beau qu'un chat de gouttière puisse l'être.

— Au moins, l'un d'entre nous profite du moment, lui dit-elle.

Le chat se contenta de le fixer de ses yeux jaunes. Puis Skerret tourna la tête vers la porte d'entrée, une seconde avant que des coups y soient frappés.

Eloïse eut un terrible flash de la dernière fois que cela s'était produit. Vincenzo était venu la chercher deux fois déjà. Certes, la sagesse populaire affirmait qu'il y en aurait une troisième, mais c'était peu probable après la manière dont il l'avait renvoyée en Virginie.

Mais qui d'autre serait à sa porte la veille de Noël… ?

Elle se leva et se dandina jusqu'à la porte. Lorsqu'elle l'ouvrit, elle ne découvrit pas seulement Vincenzo, vêtu d'un costume sombre, mais trois autres hommes, tout aussi grands et imposants – et tous si beaux qu'ils en étaient presque irréels. Il devait s'agir de ses amis d'Oxford.

— Le cadeau de Noël rêvé de toute femme…, plaisanta-t-elle.

— Elle est belle, dit l'un des hommes.

— Lumineuse, affirma un second en passant devant elle.

— Une déesse, décréta le troisième.

Et soudain, les trois amis de Vincenzo étaient dans sa maison, tandis que ce dernier lui faisait toujours face. Il lui montra la housse à vêtements posée sur son sac de voyage.

— J'ai apporté ta robe de mariée. Parce que j'aimerais beaucoup t'épouser.

Elle cilla, puis fit un pas hors de la maison afin de pouvoir fermer la porte derrière elle.

— Quoi ?

— J'ai réalisé que… que je t'aime. Parce que j'ai trouvé une réponse à ma question. J'avais tort. L'amour est inné en chacun de nous. Ce que je crois qu'on apprend, c'est à le supprimer au profit de l'égoïsme. Ce que je crois qu'on apprend, c'est à l'ignorer quand il fait trop mal. Pour moi, amour rimait avec douleur. Quand j'ai regardé notre bébé, je n'ai vu que du chagrin, et quand tu m'as dit que tu m'aimais, je n'ai ressenti que de la solitude. Parce que c'est tout ce que j'ai jamais connu en matière d'amour.

— Oh ! Vincenzo…

— Tu n'as pas besoin de me plaindre. Car j'ai été un idiot. Et je t'ai blessée. Je le regrette. Si tu savais à quel point… Mais je suis ici. Parce que je t'aime. Parce que je te veux. Je n'ai jamais dit ces mots à personne. Et j'espère que c'est suffisant, et que tu me crois.

— Même si je ne te croyais pas, je ne serais pas assez forte pour te dire non.

Eloïse jeta les bras autour du cou de Vincenzo et l'embrassa.

— Parce que je t'aime. Et j'étais prête à t'aimer pendant que tu découvrais ce qu'était l'amour.

— J'étais tellement terrifié ! Et je détestais l'admettre.

— C'est du passé, désormais.

— Zeus est ordonné. Et il est prêt à célébrer le mariage maintenant. Je suis prêt à t'épouser maintenant.

Elle cligna des yeux pour refouler les larmes de bonheur qui menaçaient de couler.

— Tant mieux, parce que je suis prête aussi.

De derrière son bagage, Vincenzo fit apparaître comme par magie un bouquet de roses et le lui tendit.

— Quand tu m'as parlé de ta vie simple, j'en ai ressenti la nostalgie de manière fugace, comme le parfum des roses dans le vent. Mais j'ai compris que ce parfum, c'était autre chose, plus complexe, plus profond. C'était mon désir pour toi. L'envie d'être simplement là où tu es. Ces roses symbolisent cette chose intangible qui devient réelle.

Dans sa robe fluide et vaporeuse, les roses de Vincenzo serrées contre sa poitrine, Eloïse contemplait son reflet. Elle se sentait… entière.

Vincenzo et elle échangèrent leurs vœux dans le jardin, sous la neige.

— Je vous déclare maintenant mari et femme, lança Zeus d'une voix ferme. Roi et reine.

— Tu ne peux pas me déclarer roi, dit Vincenzo. Il doit y avoir un couronnement.

— Je fais ce que je veux, répliqua Zeus. C'est moi le maître de cérémonie, oui ou non ? Allez, embrasse la mariée, maintenant !

Tandis que les lèvres de son prince se posaient sur les siennes, Eloïse se dit que peu importait comment on les appelait, peu importait que la monarchie soit abolie ou non, peu importait qu'ils vivent dans ce cottage en Virginie ou au palais. Ils étaient la maison de l'autre.

Et c'était tout ce qui comptait.

Le couronnement fut accueilli avec beaucoup d'enthousiasme par le peuple d'Arista. Jag et Zeus étaient présents, mais pas Rafael, qui devait s'occuper du mariage de son frère. Et ce fut un choc lorsque les trois amis apprirent plus tard que le mariage ne s'était pas exactement déroulé comme prévu…

Entre son époux, les amis de celui-ci et le peuple d'Arista, Eloïse pensait avoir été comblée par l'amour. Mais quand leur fils, Mauro, vint au monde, elle comprit qu'avant cette seconde, elle ne savait rien de l'amour. Et Vincenzo partagea ce ressenti. Ils découvrirent que le miracle de l'amour était sa capacité à s'étendre. À s'adapter. À surmonter les obstacles. À donner un supplément de couleur, de souffle, d'âme à absolument tout.

Après une réorganisation institutionnelle et un référendum, il fut décidé qu'Arista resterait une monarchie. Le peuple adulait son nouveau roi, qu'il savait juste et équitable.

Cet été-là, ils retournèrent en Virginie. Ils passèrent du temps dans le jardin où Vincenzo avait retrouvé Eloïse pour la première fois. Elle y avait planté une multitude de rosiers, symbole concret de leur amour.

Un matin, à sa grande surprise, elle trouva Vincenzo à genoux dans la terre à côté d'elle, creusant de ses mains un trou pour le nouveau rosier qu'elle avait acheté la veille.

— Je n'aurais jamais cru voir le roi Vincenzo Moretti à genoux à mes côtés dans un jardin !

— Et je n'aurais jamais pensé être aimé. Pourtant, je déborde d'amour, aujourd'hui. Et je n'ai jamais été aussi heureux.

— Moi non plus, mon amour. Moi non plus.

Pour eux, il n'y avait plus d'endroits tristes dans le monde, plus de précipices de solitude noirs et profonds, car désormais leur amour les remplissait.

Eloïse avait voulu une vie simple. Et d'une certaine manière, elle en avait une avec son merveilleux prince et leur enfant : une vie tout simplement parfaite.

Vous avez aimé *La maîtresse de Vincenzo Moretti* ?
Découvrez la suite de votre série
dès le mois de décembre dans votre collection Azur !
Un roman signé Jackie Ashenden.

Retrouvez prochainement,
dans votre collection

AZUR

Le secret d'Amalia, de Jackie Ashenden - N°4543
Dans la cathédrale royale, tout le monde retient son souffle, tandis que le prince Rafael interrompt les noces d'Amalia De Vita. Lui qui déteste le scandale n'a pas eu le choix : comment pourrait-il laisser la belle héritière épouser son frère, alors qu'elle est enceinte de lui ? Soucieux de voir son enfant bénéficier d'une naissance légitime dont lui-même a été privé, Rafael exige d'Amalia qu'elle l'épouse…

Liaison sur un yacht, de Cathy Williams - N°4544
Parce qu'il a besoin de toute urgence d'une nounou pour sa fille de six ans, Niccolo Ferri engage Sophie Baxter, qui les accompagnera lors d'un voyage d'affaires à bord de son yacht. Mais, alors qu'il devrait être concentré sur son travail et son enfant, Niccolo voit ses pensées tournées vers sa jolie employée. Au point que, bientôt, il entame avec elle une liaison passionnée et délicieusement interdite…

Le play-boy de Miami, de Dani Collins - N°4545
Après avoir dénoncé les agissements de financiers crapuleux, Bianca est contrainte de fuir à Miami. Sur place, elle est embauchée comme gouvernante d'une luxueuse demeure inhabitée. Quelle n'est pas sa surprise de découvrir que son patron n'est autre qu'Everett Drake, le play-boy avec lequel elle a passé une nuit inoubliable six mois plus tôt ! L'homme, soucieux de la protéger, lui propose alors de jouer, aux yeux de tous, le rôle de son épouse…

La belle et le solitaire, de Donna Alward - N°4546
Voilà des mois que Jessica, en manque d'inspiration, ne parvient plus à dessiner. Mais soudain, alors qu'elle se trouve au bord d'une falaise de Nouvelle-Écosse, elle aperçoit un phare malmené par les vagues qui la bouleverse. Gagnée par une vive émotion, elle est hélas priée de quitter les lieux par le propriétaire, un rustre qui n'est autre que Branson Black. Le célèbre écrivain, marqué par un drame, vit désormais dans la plus grande solitude. Une solitude que Jessica a soudain envie de briser…

Révélation aux Fidji, de Natalie Anderson - N°4547

Après que leur fabuleuse nuit d'amour s'est soldée par un désastre, Carrie n'imaginait pas revoir Massimo Donati-Wells. Quel choc pour elle de le retrouver, peu après avoir mis au monde… leur fille ! Alors qu'il lui propose de s'installer avec lui, sur son île privée des Fidji, Carrie hésite. Certes, elle souhaite le meilleur pour son enfant, mais pas question pour autant de renoncer à l'amour. Massimo est-il seulement capable de le lui offrir ?

Le prince de Noël, de Therese Beharrie - N°4548

Maman célibataire, Amari a besoin d'aide pour faire tourner sa boutique à l'approche de Noël. Aussi, lorsqu'un prénommé Kade se présente pour le poste, l'embauche-t-elle, tout en se demandant pourquoi un homme comme lui s'est installé dans la petite ville de Swell Valley. Grand, charismatique et auréolé de pouvoir, Kade n'a pas le profil du commerçant. Et pour cause, c'est un prince !

Le baiser d'un patron, de Susan Meier - N°4549

Noël sera bientôt là… et Erin s'apprête à le passer avec son patron ! Hugo Harrington lui a en effet demandé son aide pour la rénovation d'un hôtel à Londres, et il lui est impossible de se dérober. Le veut-elle seulement alors que Hugo fait battre son cœur si fort ? À mesure qu'ils se rapprochent tous deux, Erin découvre un homme plus sensible qu'il n'y paraît, aux prises avec les souvenirs de son passé. Un homme qui la bouleverse d'un seul baiser échangé sous la neige…

Les héritiers de Grey Manor, d'Elisa Marshall - N°4550

SÉRIE : *LES MILLIARDAIRES DE GREY MANOR* - 3/3

Il est son héros, l'homme de ses rêves… Jamais Kate n'a oublié Harrison Fox, qui l'a sauvée d'un incendie au péril de sa vie une dizaine d'années plus tôt. Or voilà que le testament de son père les réunit enfin, en les désignant tous deux comme les héritiers de Grey Manor ! Si leurs retrouvailles se font sous le signe du désir, Kate sait qu'elle n'a aucune chance de gagner le cœur du ténébreux homme d'affaires. Pour Harrison, en effet, elle restera éternellement la fille de son plus grand ennemi…

Séduisantes rumeurs, de Louise Fuller - N°4551

SÉRIE : *NOËL AVEC UN HOMME D'AFFAIRES* - 2/2

« Pas de gros titres. Pas de scandale. Pas de photos compromettantes. » Voilà qui représente un véritable défi pour Louis Albermarle, duc d'Astbury. Play-boy réputé pour ses frasques, il est aujourd'hui appelé à se montrer responsable par les actionnaires de son entreprise. Hélas, quand un cliché volé le dévoile en compagnie de Santina Somerville, une célèbre patineuse artistique, le voilà contraint de mettre fin aux rumeurs en proposant à la belle de l'épouser…

Le maître du *palazzo*, de Kim Lawrence - N°4552

Soren n'a qu'un but : se venger de l'homme qui a détruit son père. Or voilà que dans cette quête impitoyable il entraîne la petite-fille de son rival dans une tourmente médiatique et scandaleuse… Pour protéger la belle Anna qu'il sait innocente, il l'emmène chez lui dans son *palazzo* sicilien, tout en se jurant de la tenir à distance. Impossible : l'alchimie entre eux est si vive que Soren séduit Anna, sans lui révéler d'abord que leurs familles sont rivales…

Princesse et rebelle, de Michelle Smart - N°4553

Toute sa vie, Catalina a joué son rôle de princesse à la perfection, bridant ses envies et ses désirs pour plaire à chacun. Pourtant, il a suffi qu'elle s'abandonne une seule et unique nuit entre les bras de Nathaniel Giroud pour que ses efforts soient balayés et que sa vie bascule définitivement. Car aujourd'hui la voilà enceinte et en fuite, prête à tout pour protéger son enfant à naître. À tout, même à s'opposer à l'impitoyable et irrésistible milliardaire qui est à sa recherche…